U0918759

左半边翅膀

The Left Wings

饶雪漫 作品

凤凰出版传媒集团
译林出版社

图书在版编目（CIP）数据

左半边翅膀 / 饶雪漫著. —南京：译林出版社，2011.01
（我不是坏女生）（2015.8重印）
ISBN 978-7-5447-1574-4

Ⅰ. ①左… Ⅱ. ①饶… Ⅲ. ①长篇小说-中国-当代
Ⅳ. ①I247.5

中国版本图书馆CIP数据核字（2010）第240518号

书　　名　左半边翅膀
作　　者　饶雪漫
责任编辑　陆元昶
特约编辑　范氿维
出版发行　凤凰出版传媒股份有限公司
　　　　　译林出版社
出版社地址　南京市湖南路1号A楼，邮编：210009
电子邮箱　yilin@yilin.com
出版社网址　http://www.yilin.com
印　　刷　北京玥实印刷有限公司
开　　本　700×1000毫米　1/16
印　　张　14
字　　数　110千字
版　　次　2011年1月第1版　　2015年8月第10次印刷
标准书号　ISBN 978-7-5447-1574-4
定　　价　26.00元

译林版图书若有印装错误可向承印厂调换

[CONTENTS]

目录

自序

我们是彼此的小小太阳

世上没有坏女孩，只有犯过错的好女孩。

而那些错误，是会被时间原谅的。

每一年的夏令营之前，我其实都有点忐忑。倒不是担心出什么事，因为好几次的经验告诉我，这些孩子就算偶尔会出一些小状况，比如锁住房间的门，比如小小的离队出走，比如睡过头，但其实都很体贴工作人员的辛苦，总是表现得比在家、在学校还要乖巧一些。让我觉得有点不安的，其实是她们对我的期待。这次闭营仪式上我做了一次讲座，关于女生成长中的关键词。坦白讲，讲过那么多场，没有一场我是如此精心地备过课的，忽然觉得自己好像太过迫切，急着把一些自己的感悟通通倾倒在她们身上，一边也在担心，自己是不是表现得太像一个凡事正确的成年人，让她们感到不解和乏味。

还好，在我漫长的演讲结束以后，营员周嘉站起来说："雪漫，其实我上大学以后就不怎么看你的书了。在来夏令营之前，我以为自己只是想了却一个心愿，和你告别，可是现在我想告诉你，我真的很高兴自己以前那么地喜欢你，以后，还会继续喜欢你。"

虽然对于"喜欢你"这种表白我并不陌生，但那一刻，我是被结结实实地感动了。

因为有心理老师的全程参与，这一次的夏令营，从一开始就和原来的每一次都不同。而令我自己没想到的是，我在最后一场心理活动，也是我唯一参与的一场心理活动“给小石头写一封信”中失控了。

是的，我哭得一塌糊涂。

当那些姑娘们轮番上来拥抱我的时候，也是我第一次深切地认识到，其实人是互相需要的。这些年，在你们依赖着我长大的时候，其实我也依赖着你们，坚持着不曾老去。

其实你们，也一直是我生命中小小的太阳、我最大的温暖供给者，是我每一次累到趴下、再集聚力量又重新出发的最大原因。

关于“心理场”这个词，我还是从夏令营的跟营心理老师口中第一次听到的。请原谅我没法复述那些专业的词汇，但我明白，当那个神奇的“场”形成，所有的人都会被包裹其中，比平时更容易打开心扉。整个夏令营，其实不止是我，营员们哭了，方悄悄哭了，小暖哭了，夏令营结束的时候，一向剽悍的米果甚至哭掉了隐形眼镜。在这种情况下，眼泪更像一种释放，痛快淋漓地哭出之后，堆积在心底的污垢全都被洗净，再次上路的时候将没有任何负担和顾虑——我们都如此年轻，这真好。

我知道，很多来夏令营的女孩，在别人的眼中，都犯过错。早恋、泡夜店，甚至吃过药，伤害过自己的身体。但是在夏令营里，我看到的她们既不自私，也不偏执，总是小心地照顾别人，从来不争抢。每一个营员哭起来的时候，旁边的人都会轻轻地给她一个拥抱，动作是那么小心而温柔，其中包含的东西，胜过千言万语。

我相信，这一切的善良和温柔，都不是装出来的，而是她们本来就是那样美好的女孩啊！所以，当我提笔写下这些姑娘们的故事的时候，我更多感觉到的不是痛心，而是温暖。她们如此坦诚地向我表白她们自己，只是因为那份难得的信任，让她们有勇气想告诉更多的孩子——请别像我一样长大。

这一次的夏令营，上一届的营员妞妞作为工作人员，再一次来到了北京。这件事是我坚决的提议，只因为我想她了。有些人，你并不是每天都会想起，可也总是不会忘记。这一次来，她长高了，漂亮了。虽然人前人后总还是懒洋洋的德性，但是，集体活动的时候还是会听话地坐在我旁边。

某天，她忽然在我面前蹲下来，用她的手机给我拍照。拍完后，她才告诉我，手机屏幕坏了，要回家才能看得到。可拍照的时候，她是那么认真，找角度，看光线，挑剔我的表情，实在是令人莞尔。

这次夏令营，虽然她没对我说什么特别的话，但我已经发现了她的改变。我知道她回到家，在妈妈的鼓励下开了一家淘宝店。她兴致勃勃地进货、拍照，又当模特又当客服，回复起留言来礼貌周全。那个穿着小背心在镜头前摇晃的她，好像一下就成了遥远的过去。

这个姑娘，15岁时就退了学，从此好像偏离了正常的成长途径。但是现在她回来，而且回来得那么自然，就好像从不曾离开过。

所以，对年轻时犯下的错误，我们都不必那么紧张吧！因为那些错误，都是会被时间冲淡和原谅的。谁还没有在青春期受过一点伤呢？但是只要不盯着伤口看，那些伤，就会好得快一些。

风雨后一定会有阳光——我真的真的，从来都不曾怀疑。

谢谢你翻开这本书。

其实我更想知道的是，明年夏天你会愿意来吗？

无论如何，我会一直站在原地，微笑着，等你们。

饶雪漫

SHE CALLS
HERSELF
LI WEI XI
她叫自己
黎未希

女生档案

姓名：黎未希

城市：香港

年龄：17岁

星座：狮子座

成长关键词：流离，恋爱守则

个性签名:爱和死，哪个更冷?

女生自白书

我看过很多小说，开头写的就是：我的出生是一个错误。

但不得不承认的是，这个俗气的开头用来形容我太准确了。

给我生命的那个男人是混黑社会的，虽然没有钱，可有很多女人。

我妈妈不是他的第一个女人，当然也不是最后一个。她跟他生了我哥哥，已经被证明是个错误。到怀了我的时候，所有人都反对她生下我来，她自己也在犹豫。可最后还是生了我，因为她是个心软的女人，没办法去杀死一个生命。她本来想既然生了就要亲手把我带大，但是旁边的人一直在说“哎呀，你为什么要帮那样一个男人养孩子，让他自己养啦”。她的哥哥,我的舅舅也在她耳边不停地叫喊，说什么她要是不把我送走就把她打死把我掐死，所以，在我三岁的时候，她把我送去给了我爸。

三岁以前，我们一直搬家。交不起房租要搬；被人讨债要搬；妈妈的哥哥一直在找她，被他找到我们也要搬。这些我都不太记得。在我的记忆里，只有大片的流离，一格一格的空白，还有接连不断的阴天。从有记忆开始，我的记忆里，都是阴天。

在我真正开始记事的时候，我没有妈妈，也很少看见爸爸。

我不知道我爸爸为什么会收下我，最大的可能，是他根本也不在乎。他只要把我随便丢在一个女人那里就可以。现在我觉得他很厉害，为什么他不给钱，那些女人也要养我？为什么没有找个机会把我杀死？如果我是她们，一定会把我杀死。曾经有个女人真的在半夜拿剪刀到我床边，但她终究还是没胆量下手。

尽管如此，她们还是成功地教我懂得了，什么是恐惧。

做错事挨打并不算恐惧，没有吃的，只能去冰箱里偷，被看到便要挨打，那才是恐惧；因为尿床，被脱掉衣服让睡在地板上，那是更大的恐惧。恐惧里还夹杂着羞辱，因为感觉自己不洁而生出的懵懂的羞辱。平时的日子里不准随便洗澡，但有时候就让你洗个够。一个女人买回了麦当劳，我吃了一口便吐了出来，她把我拖进卫生间，把水开到最大冲我。还不解恨，就拎着我的头往墙上撞。

在那些女人里，有一个——我不知道她的名字——待我还不算坏。我和她在一起的时候是夏天。忽然有一天她带我去逛街，在街边的小店，给我买了一条裙子。那是一条桃粉色的连身裙，我生命中有的第一条新裙子。她让我穿上新裙子，把旧裙子拿在自己手里，我们在很吵的路边一起走。她走得很快，我紧紧地抓住裙边跟住她脚步。她忽然停下来，蹲下来问我："你叫我妈妈好不好？"

她的声音里带着一丝炫耀又做作的温情，眼神却很寂寞。

一秒钟以后她就站了起来，同时骂了一句脏话。

我想她大概很后悔自己那一时流露出的温柔，当你想从别人那里要求爱，总是不希望被拒绝。

其实我对她觉得很抱歉，好多年以后那抱歉的感觉还在。所以当别人要我爱他的时候，我通常也不愿意让人失望。

五岁那年，外婆终于让舅舅们同意，让我妈妈把我带回去。

所以我在快要六岁的时候才第一次见到了我妈妈。她长得很漂亮，但是看上去很陌生。我跟她几乎没怎么说话。她只短短地来看了我一次便走了。后来我才知道，我爸爸答应了我妈妈三次，三次都骗了她，还把她手里的钱拿得干干净净。第四次，他总算把我交到了我妈妈——他曾经的女人手里。

我以后再也没有见过那个男人，不知道他是死是活。

我从此跟外婆（我叫她奶奶）一起生活。

为了带大我和哥哥，奶奶放弃了带她自己的亲孙子。她对我很凶，经常会打我，但那是因为我做错了事，或者她认为我做错了事。她把我救了出来，我很感激她，就算她打我，也还是感激。

最开始时，我们住在有点像乡下的地方，没有城里热闹，为了怕我们寂寞，奶奶买了一些鸡和鸭给我们玩。

我很喜欢那些小动物，它们都长着很善良的眼睛。后来我在男人们的脸上，从来没有见过那么善良干净的眼睛。

妈妈有时间会来看我们，但不经常。那时她正辛苦地学一个美发师的培训课程，她说学好了便可以赚更多的钱，接我和奶奶到新房子里去住。她留下钱，让奶奶快些送我去上学。

于是，我上学了。刚开始的时候很快乐，我喜欢学校的课程，也喜欢校服，我会自己用那种铁皮的熨斗把校服的衬衣熨得平平整整，很高兴地穿去学校。

事情的改变，是从我跟某个女生说了我的家庭开始。

我并不介意告诉别人我的家庭，那些都是真实存在的。我不介意人家知道我没有爸爸，因为我本来就没有。我只有奶奶和哥哥，妈妈也不常能见到。我把这些告诉别人，并不是想要他们同情，有什么事，便说出来，那是当时的我与世界共处的唯一方式。

可是慢慢地，包围在我身边的空气变得有点不一样。有女生在私下里开始谈论我。有一段时间，除了远处的指指点点，几乎没有人和我说话，但过了一段，又有人主动跟我开口，似乎她们在暗地里决定对我摆出宽恕的姿态。

她们对我不算差，看不到明显的敌意和排斥。她们喜欢把我的故事当谈资，与此同时，并不介意给我一定程度的友谊。可是，我并不喜欢她们。女生的社会很奇怪，你想要融入其中，就必须和大多数人一样，看一样的小说和漫画、听一个人的歌、看同一部电影；她们喜欢谈论的东西你必须跟着一起谈论；她们讨厌的人，你必须跟着一起讨厌。我经历过短暂的被排斥，又莫名其妙地被接纳进了这个小社会，当她们邀我一起再去排斥别人时，我拒绝了。

是我自己拒绝加入她们，而不是被她们抛弃。这一点，很重要。

上中学以后，我开始在学生会做事，在卫生部，每天检查各个班级的卫生，然后公布评分。这个工作其实很得罪人，但我愿意去做，因为这样就可以不用早读。

在学生会里我遇到了我的初恋，我初二，他高一。

他个子不高，皮肤不白，不算帅，笑的时候总是露出白白的牙齿。是他先喜欢我，但又好像我们是同时喜欢上对方的。我们撑着一把伞在雨里走，他会很细心地把伞偏过来一些，不让雨淋湿我的裙摆。他说话不大声，笑的时候喜欢贴在我的耳边。他的身上总是有干净的洗衣粉和阳光混合的气味。

他喜欢用力地握住我的手。我们会轻轻地接吻，那些吻就像雨水一样温柔。

我们并不能经常见面，因为我总是被奶奶关在家里。她并没有看见我和那个男生在一起，但好像觉察到了我恋爱的事。她很担心我重复我妈妈的命运，所以在这方面，对我格外小心。

我听过一句话，年少时的爱情，刚开始是浪漫，后来就变成慢烂。

后来我和他之间，因为总是不能见面，果然就“慢烂”了。我并不怪他，不爱了，还在一起做什么？我不喜欢别人为我牺牲。我们的教室正对着操场，他们上体育课的时候，我就从窗户里一直往外看：他绕着操场跑，他打篮球，他和几个男生笑在一起，一个女生递给他一瓶纯净水。我就这么看，隔着那么刚刚好的距离，修铅笔用的小刀不自觉地划过手腕，我并不觉得痛。后来过了很久，我有了很多的男朋友，我几乎要忘记他的名字，却不能忘记我自己，就隔着那一点距离一直一直地看着他，那是种绝望的姿势吧？我为什么记得那么牢，也许当时我就已经知道，那是我一生里，最初和最后的爱恋。

时间开始变得越来越长。

我并不是指在学校的时间，而是所有的时间。夜晚对失眠的人来说，就如同永生一样长。我总是很早起来，奶奶家离学校并不远，我把早饭带在书包里，走出那条街便会找个垃圾箱扔掉。我总是慢慢地走，从来不去担心时间，为什么要担心呢？我并不急着要去哪里。我经过一样的早餐档，经过一样匆匆忙忙的十字路口。所有人都很快地走，只有我很慢很慢，我就像走在他们的梦里。

走到校门口的时候，有时候早读的铃刚刚拉响。紧走几步，在铃声停下以前跨进校门，守在门口的学生会干事就不会记录我迟到。可我只是慢慢地走着，等铃声停下，等那个扑克脸的高年级生拿着登记簿站在我面前，我慢慢地告诉他我的名字：黎未希。

在我的迟到次数累积到10次以后，班主任把我叫了过去。

她是一个年轻的北方女人，广东话说得不是很好。她就用普通话对我说了很多，而我普通话不是很好，所以不管她说什么，我只能什么也不说。因此她越说越气，最后告诉我，我应该停课反省。

“你有什么要说的吗？”她看着我，“如果你不说的话，就表示你也同意我的处理，那我下午就会去申请。”

我对她说，请晚一点去申请，我会给我自己辩护。

于是我给她写了一封很长的信，写了大概有三四页，我告诉她我和奶奶住在一起，奶奶供我上学，如果这次我被停课，奶奶一定会很生气，我一定会被退学。

我在放学的时候交给她那封信，但我没想到，她会让我站在旁边，等她看完再走。她看信的时间里我一直看外面，我看见有一群鸽子，绕着天空飞了三遍。终于她抬起了头，露出一副被感动了的表情，对我说：“老师会给你一次机会。”

我并不怪她，也许任何人看了那封信，如果不感动，就觉得自己太铁石心肠。可是我很讨厌别人在我面前露出被我感动了的表情。为什么要被我感动？有没有想过，有可能，我完全是在说谎？

她没有让我停课，但不久以后，我就退学了。

主动退学其实很简单，只要自己不去学校就可以。我每天从家里背着书包往外走，但是并不去学校。直到学校打电话让我奶奶过去，她才知道了我被退学的事。

奶奶很生气，很重地打了我一顿，又打了电话给我妈妈。我妈妈过来了，她很急，问我为什么要退学。我还是不说话，她气起来，举起手想要打我，我吓得缩成一团，她又把手放下了。

最后她说，无论如何，上学是最重要的。如果我不上学，就一定会被男人骗，一定会重复她犯过的错误。只要我肯上学，那么她再辛苦都值得。

可我并不这么认为。

我并不是想跟任何人作对，只是不愿意再去学校。在学校里学不到任何有用的东西，只有梦境一样窒息的环境。我想早一点挣脱出来，我想有份工养活自己，想有个自己的家，我想要的就是这些而已。

我决定自己养活自己，只有这样，才是最靠谱的。

为了找工作，我去了深圳。我说我去旅游，家里人叮嘱我“要记得回家”。妈妈没有说什么，我知道她已对我失望了。

我15岁，又没学历，但还好我是个女孩子。我在一间美甲店里打工，骗人家说我有16岁，人家将信将疑地不追究。不过美甲店的工，我没有做很长时间，因为里面都是女生。女生和女生之间总是有种不好的气场，我受不了，于是辞工。做了不到一个月，扣去七七八八，一分钱也没有结到。

我很快又在一家美发店找到工作，这样很好，发型师们都是男生。从中学起我就能很容易地吸引到男生注意，上学的时候也有男生追我追到我家楼下。最开始我会困惑，他们到底喜欢我什么？我长得只能算一般的漂亮，穿戴也不算出众，但后来我慢慢地想明白，也许男生喜欢对方听他们说话。他们说话的时候我很少出声，但对他们说的一些细节都注意去听，偶尔对他们提起，他们都是一副意外加感动的神情。现在的女生个性都很强，所以他们反而喜欢我这样，我外表的柔弱，让他们有一种我需要他们保护的错觉。

美发店的发型师，追我的有好几个，但我并没有跟他们中的任何一个谈恋爱。原因很简单，我太累。做美发店的徒工真的非常累，一天工作时间超过10个小时，穿着高跟鞋，始终站着，偶尔偷懒坐一会儿，就有领班来训斥。我开始明白妈妈那时为什么几个月才去看我一次，她是从徒工升到发型师的位置，一定吃了比我多几倍的苦。我晚上回到宿舍，把肿起的脚泡到冷水里。同住的一个叫小丽的女孩邀我和她一起去吃消夜，她的男朋友刚升上发型师，最近很喜欢请客。

我没有去，一个人在宿舍里睡。睡到迷迷糊糊的时候，感到有人在解我睡衣的领绳。睁开眼一看，是小丽的男朋友。他缩回手，说是回来帮小丽拿样东西，但一下就坐到了我的床上，身体重重地向我压过来。

如果手机不是正好在身边，我不知道会发生什么。我摸到了手机，马上拨到了小丽的电话。我把电话按了免提，这边所有的声音她都会听得见。小丽的男朋友讪讪地说了几句便尴尬地走了。

可是这件事还没完。

小丽很容易就猜到了那天我为什么给她打那个电话，一下子，美发店里所有的女生都开始猜忌我，就好像我马上就会去勾引她们的男朋友一般。我不喜欢辩解，事情就被无限放大，最后连我带客人去洗头，她们都故意把水给我调很热。这样的日子过了一个月，我终于忍不住给家里打电话。奶奶还未接起电话，我就开始大哭，她听了一阵，等我哭得不那么厉害了，对我说："你也应该回家了。"

我去美发店辞工，他们说我没干够一年，要自己承担培训费。最后我拿到手的是75块钱，我跟哥哥要了一些钱，这样才回到了香港。

回香港以后，妈妈要我好好想一想，是去上学，还是继续工作。她对我到底还是有愧疚，把我带到了她的家，让我和她、她现在的老公一起生活。这是我这辈子第一次跟着自己的妈妈一起生活。

迟了一些，我想。

我决定继续上学，只为了不让她伤心。在开学之前有一段时间的等待，我不需要工作也不需要去学校，便整天泡在网上。那段时间我很疯狂，同时跟好几个男人聊天，心里想着谁第一个开口说爱我，我便和谁见面。结果见面的那个人也是个学生，不过有钱，开了家里的车带我去山上兜风。那是我第一次在晚上出去兜风。他把车开得很快，我什么也不用说，也不用笑，只需要盯着车窗外密密的灯光，非常密，非常明亮，亮得像小时候屋顶上空的星星。

他为了我无心向学，成绩从A降到C。他表哥代表家里人来找我谈判，他说了很多很多，到最后忘了自己要说什么。我一直静静地听他说，有时候看一两眼他的眼睛。他比他弟弟要帅，戴了一只更值钱的手表。我忽然有了恶作剧般的心思，等他说完，便告诉他，我并不介意和他弟弟分手，现在天色已晚，能不能带我出去吃顿饭？

他喜欢上了我，这似乎是自然而然的事。他一样带我去兜风，开更好的车子，送我更昂贵的礼物。但我并没有和他弟弟分手，当那个孩子知道了这一切，俩兄弟的关系便也算完了。这也许不关我的事，他们只是表兄弟，本来就不会有多深的感情。我的愧疚也许只是因为我不习惯，因此当那表哥约我去旅馆的时候，我没有拒绝。

我也没有告诉他，那是我的第一次。

我们的关系在那次之后便完了，或许，那只是他对我的报复。离开的时候他问我，我是不是故意告诉他表弟他和我的关系？我点头；他问我和他在一起是不是为了钱，我仍旧点头。我知道，其实当他问起的时候，便期待我肯定的回答，这样能证明他应该跟我分开。不知道我的回答能不能让他开心，他牵着嘴角凄惨地笑了一下，然后咬着牙齿骂我是妓女。

这样的我，怎还可能继续上学？因为有过退学经历，这一次妈妈送我去的是一所比之前差得多的学校，管得也没有原先的学校那么严。妈妈帮我报了重读初二，同班的女生都比我小好多，不过已经学会化比我更浓的妆。她们排挤我，尽管是不动声色的，我不能参加任何班级的活动，甚至有什么事情需要交钱，只要我不问，也没有人会来收我的。

也许那些女生已经意识到，我和她们不一样。不知道是从什么时候开始，我的内在已经从根本改变。现在的我，对一群女生而言就是危险分子，只要有我存在，她们就担心自己的男朋友会跑掉。似乎我在空气里撒下了危险的荷尔蒙，会吸引那些想要恋爱的男人来我身边。我可以挑选他们其中的任何一个，对他做出深爱的样子——只要我愿意。

虽然到最后，我并不会和任何一个男人在一起。

不是我不想，而是我，好像没勇气。

为了从学校里逃出去，我又一次离家了，这一次是漫长的旅行。我把原来男朋友送的礼物卖掉，筹到一些钱。我先去了深圳，又去了内地很多地方，最远到了河南。我没有去任何风景胜地，却渐渐爱上旅行的感觉。陌生的城市、陌生的人、陌生的方言。我的普通话大有进步，渐渐可以缓慢地表达出自己的意思，这让我找工作更加方便，奶茶店、咖啡馆、KTV，为了不想在任何地方久留，我只找每周结工钱的活。那样的工作其实并不好找，很多时候，我还是会穷到没有吃饭的钱。

那对我来说也并不是什么痛苦，那只是自由的代价而已。

我家里人终于联系上我，对我说："如果没钱了家里会汇给你，但你不要忘了回家。"但对我来说，与其跟他们要钱，不如跟男人要。我还是像以前那样，在网上同时跟不同地方的男人搞暧昧。当他们说爱我的时候，我便可以向他们提出要求，比方说，钱。

并不是每个男人都会答应我。那些见死不救的，我就将他们飞起，从他们拒绝的一刻起，他们的世界里便不再有"黎未希"这个人存在。

我不会被伤害，因为我对他们没有爱，但我时时刻刻都能装出一副很爱的样子，到后来，我也会忘记自己不过是在装了。

我不认为这是无耻的事，这只是一种交换，他们给我的不过是物质，我给他们的却是更为珍贵的东西——恋爱的感觉。有的人可能一生都没有真的爱过一个女人，也没有被女人真的爱过，跟我在一起，他们很划算。

在旅途中间，我不止和一个男人谈过爱。但真正在一起的只有一个，在河南，他是我打工的奶茶店的老板。我在那呆了比预期长很多的时间，长得连我自己都有种“旅行在此终了”的错觉。他很爱我，对我很好，而我希望有个很好的、稳重的男人，给我一个安全的地方，让我呆下来，最好能一直呆完一生。

我在一个本子上写了《黎末希的恋爱守则》30条，念给我选中的男人听：

见面要叫亲爱的，我笑的时候要陪我一起笑。我很沉默时，你也沉默；

把你心里想的老实诉说，不能口是心非；

请不要打我或骂我，因为我会害怕；

不能随便对我承诺，除非短期之内能实现，因为我讨厌等待；

你发脾气了不准走，我发脾气了不能丢下我；

不准说类似赶我走的话语，我要走的话会提前告诉你；

……

最后的一条是：

请记住我严重缺少父爱，请给我成熟男人的形象，偶尔陪我浪漫，偶尔陪我幼稚，不时呵护我。

那个男人说他都能做到。

……也许我的规则实在太多，也许男人根本就不在乎自己的承诺，他很快就违反了很多条。

后来，因为我不愿意和他做爱，他打了我。

我离开的时候，他却又给我钱，他说不想我在路上吃苦。

因此他还是爱我的，他打我，只能证明他是一个烂人，却不能否定他对我的爱。和他在一起的时候，他尽力地给我安全感，我也喜欢他从背后抱住我的感觉。但我没有爱过他，这一点他一定也能感觉到，所以，也许一切并不是他的错。

离开他之后，我决定回香港。因为忽然觉得很累。我看着中国地图，几乎不相信自己一个人走了这么远，走过那些曲曲折折的路线。我忘了自己是在逃避什么，又是在追寻什么，我所要的，不过就是有份工，有个男人，有个自己的家，这些东西好像在哪里都可以得到；又好像，在全世界都找不到。

坐在回去的火车上，我忽然想起来，有一条爱情守则他始终没有做到：

要带我去几个老地方，因为你不在时，我还可以自己去。

所以，我离开他，没有什么错。

这一次回香港，我做的第一件事便是去警察局销案。

因为旅行中有一段时间没钱充手机，家里人以为我失踪，就报了警。从警察局出来，紧接着便有社工上门，说我是有行为偏差的年轻女性，要对我进行心理救助。我没有拒绝，她们反倒吃惊。其实有什么呢，我不习惯拒绝别人对我的好。

社工都是些很有意思的人，很热情，我喜欢和她们聊天。

很多时候，我们都聊起爱情。她们很好奇我的爱情观，又不好意思问，只好旁敲侧击地跟我打听。

我把她们想知道的部分都告诉了她们，看着她们掩饰着讶异的眼神，好奇怪，似乎经过了这些，我还是最初那个不设防的女孩，只要别人愿意知道关于我的事，我到头来总会告诉他们。或许因为他们对我好，或许只是因为他们很好奇。

她们问："那经过这么多事，你还相不相信爱情？"

我说我从来没有相信过爱情，我可以对每个男人都装得很深情，却不爱。

她们啧啧称奇，觉得我代表着某种新的女性物种。

她们问我喜欢什么，我说，摄影。旅行途中一个人在火车上醒来，隔着玻璃拍下陌生城市的照片，然后问问旁边的人：这是哪里？那是我标注自己所在的唯一方式，我在想，也许这也会是一个新的开始。

我在网上问一个新认识的男人："你觉得我应该去学摄影吗？"

那个男人快要50岁了，足以做我的父亲。他们全家已经移民加拿大，他会说起我和他儿子差不多年纪。我想他是有妻子的，但他说，他发现自己这一生原来从没爱过什么人，除了我。

我并不相信他，只是时时喜欢找他说话。我当然知道，中年人和小女孩谈感情，只是为了和她们上床而已。我到7月的时候才会满17岁，但我觉得，自己已经活过了一百年。我很促狭地看着他迂回曲折，小心翼翼聊到关于性的话题，但我并不觉得厌恶，相反有种感激，因为我明白，这样小心也是一种温柔。

或许我不该给他我家的住址。

他从加拿大回来，说想见我。他打电话来说，在我家楼下。我把手机关掉，他就在楼下喊我的名字，一声又一声，像热风一浪一浪吹到脸上来。

我知道他想要什么，也知道，我不能答应他。我知道，如果我下楼，一切都会慢慢显露出原本的样子：自私、卑怯、肮脏、不值一提。可是他还在那儿一声声地喊。一个50岁的男人一声声地喊着一个17岁女孩的名字，他想要什么呢？不过是青春而已。青春我有一大把，放在我这里也没有用，给别人去用掉，也没什么不好吧？

我才17岁，但我觉得自己已经活过了一百年。

在我17岁生日的那一天，我决定去北京参加饶雪漫的夏令营。

我没有安全感，我一直在寻找，太多不幸之后，我希望我好运。

雪漫记录·面对面

Q 饶雪漫
A 黎未希

时间：2010年7月25日　地点：夏令营营地——北京鸟岛

Q 饶雪漫：未希，欢迎来这次夏令营。
黎未希：谢谢雪漫姐。

Q 饶雪漫：听说你到夏令营那天正好是你的生日，现在补上一句“生日快乐”。
黎未希：哈哈，谢谢。

Q 饶雪漫：你是夏令营里唯一一个从香港过来的营员，还习惯么？
黎未希：习惯，我平时也经常来内地啊，而且我很喜欢鸟岛，在香港找不到像这样安静的地方。

Q 饶雪漫：我知道你平时很喜欢旅行，在旅行的时候会做些什么呢？
黎未希：嗯，都忘了做些什么了，其实就是到处逛逛咯。旅行的感觉很舒服，可以和不认识的人聊天，我普通话就是这样练出来的。

Q 饶雪漫：平时很少呆在家里？
黎未希：一直呆在家里我会疯的。家里地方又小，人又多，而且感觉特别没有自由。

Q 饶雪漫：其实你来之前，编辑们都挺担心，因为看到群里的你状态好像很不好，经常一个人自言自语，说一些狠话。
黎未希：哈哈，其实我是在玩啦，无聊的时候我就喜欢这样在群里说话，发泄完了心里就舒服了。

Q 饶雪漫：和你见面之后反倒是大吃了一惊，原来现实生活中你这么乖，这么安静。
黎未希：你还没见过我的本来面目呢。

Q 饶雪漫：方悄悄对我说，她觉得你是一个很有诗意的女孩，很多想法很多举动都让人觉得很美，但描绘出来好像又没了那种味道。
黎未希：真的吗？哈哈哈。

Q 饶雪漫：你承认这是你的魅力所在么？
黎未希：其实我也不知道，我只是觉得男人都挺喜欢和我说话的，我也喜欢和男人玩暧昧。

Q 饶雪漫：为什么不好好找个自己喜欢的，真正地投入一场恋爱呢？
黎未希：女人谈恋爱比较吃亏啊，喜欢一个人好累，会想他为什么会这样想，为什么会不开心，一点点举动都会打扰到自己，还是玩暧昧比较好玩。

Q 饶雪漫：嗯，我大概了解你的想法，你其实是一个很缺乏安全感的人，所以才会弄出一个恋爱守则。可因为缺乏安全感，又让你很容易堕入一段恋情里。
黎未希：是的。

Q 饶雪漫：你对自己的未来有什么设想吗？
黎未希：有一份工，有一个好男人。

Q 饶雪漫：先说工作吧，打算在摄影这条路上走下去么？
黎未希：其实我都很犹豫，因为老师都跟我说做摄影好辛苦，但是我喜欢摄影，而且我哥哥是做设计的，如果我做摄影将来会比较有机会找工作。

Q 饶雪漫：其实女孩做摄影师的很多，我们的杂志《17SEVENTEEN》也大多是女性摄影师啊，所以你不用担心，好好加油吧。
黎未希：谢谢。

Q 饶雪漫：再聊下爱情，现在对爱情的期许是什么？
黎未希：希望有一份稳定的爱情，但现在还比较混乱。也许我不信任感情，要的只是一种感觉罢了，一种被爱的感觉。

Q 饶雪漫：即使这种感觉只是错觉也无所谓？我觉得这和你从小缺少父亲的关怀有关系。
黎未希：是的。我的男朋友都比我大很多，我理想的男朋友年纪应该大我十岁左右。

Q 饶雪漫：而且你对性很抵触。
黎未希：嗯啊，我非常讨厌男人一谈恋爱脑子里想着的就是上床。其实做爱也不是不可以，只是很多男人把那个当做最重要的事情。

Q 饶雪漫：你发现自己其实很容易招惹男生吗？而且很奇怪的是你通常都不说话，男生却会自己靠过来。
黎未希：嗯，我也觉得很奇怪，可能是我不说话，让男生比较想保护我，但其实我不说话是因为真的没有什么好说的。

Q 饶雪漫：今后想留在香港还是来内地？
黎未希：都有可能。如果是香港有好工作我就留在香港咯，香港很难找工作的，但我还是希望能留在那里，可以和妈妈离得近一些，休息的时候可以和家人一起吃饭啦。

Q 饶雪漫：听起来你现在对家庭有那么一份责任感了。
黎未希：其实妈妈不需要我照顾，因为有两个哥哥，他们都比我厉害。但是我不想让她再为我操心，而且最好也能多陪陪她。

雪漫记录·印象

严格来说，黎未希并不是那种第一眼就能让你喜欢的女孩。

在她还没来夏令营的时候，几个编辑都纷纷表示出担心，因为她会像梦呓一样在QQ群里讲自己的故事，甚至语言犀利地骂那些伤害她的人。

这种任性从她的语言中表露无遗，或者说，她竖起了身上的刺，急于通过扎伤别人来引起别人的注意，甚至以此慰藉自己。

所以他们担心这样性格的女孩，会不会泼辣蛮横地对待其他营员，不服从安排。

但我们只猜对了一半。

她确实不服从安排，可是我们并没想到，她在度过短暂的“认生阶段”后，开始无比坦诚地对待其他营员，甚至被所有人喜欢。

最初她来到夏令营的时候，用“游魂”来定义，绝对不为过。

无论其他人在参加怎样的活动，她都坚持在队伍外游荡，拿着旗杆挥一挥或者蹲在一边看鸟岛里的孔雀，不管怎样，就是不参与集体活动。

这让维持秩序的工作人员非常伤脑筋。所以开会的时候，我们安排小九做她的跟营编辑。是小九用最快的速度通过学粤语的方式靠近了她，让她慢慢卸下了防备。

从那以后，她像一条小尾巴，紧紧跟在小九身后。我起初还疑惑，明明是一个喜欢独来独往的女孩，怎么会这么快就依赖别人呢？

后来在她又和韩小暖粘在一起的时候，我才找到答案：因为在她的内心里，有比任何女孩都纠结的矛盾。

她渴望爱，渴望有人能全神贯注地照顾她关心她陪伴她；可是同样的，她也害怕爱，因为她害怕面对终有一天要面对的失去、分离和伤害。所以每当有人靠近她，她就在喜悦和畏惧中自我矛盾。但还好，最终她选择了接受爱，相信爱。

在心理拓展活动的时候，那个弄哭了无数人的“给小石头写封信”的环节中，她举起纸装模作样地写字，轮到她读的时候，她却不说话，只摇头。心理老师没办法，只能跳过。

我们以为她是不想读给大家听，可后来才发现，她一个字都没写，只在上面画了树和云朵。

我不能断定她是因为不敢面对自己的内心，还是保持任性的状态拒绝服从，但我可以确定的是，她的内心绝对够柔软，甚至都不用你掐，就会汪出水来。

她普通话讲得不好，所以和别人沟通时说话很慢，听却很仔细。她融入大家的时间比其他人晚，可是她却在融入之后一下子获得了满满的爱。

我听了她的很多故事，比如和方悄悄深夜在荷花池旁边谈心，导致两个人一同泪奔；比如她不吃饭以至于韩小暖和小九一起像哄小孩一样陪她吃……

不知道她从哪里弄来的魔力，就是能让你认识她以后，会不自觉地把注意力放在她身上。

夏令营最后一晚的讲座上，我一进门，她就对我指着最前排的位置说：“你坐那里！”然后她又指了指小九补充道，“我在帮我老板安排！”听说小九一天付30块，让她做小跟班。最后具体有没有付钱我不知道，可她尽职尽责地维护“老板”的利益，笑起来的时候都是满足。

那晚她从头到尾都埋着头哭，和每个人拥抱告别的时候更是抬头就满脸泪水。最后，我说等我去香港的时候让她做我的导游，并且特地用粤语对她说：“未希，我会挂住你。”

她的眼睛亮亮的，不舍全写进眼泪里。

我知道她回到香港以后，依然要自己决定读书还是工作，依然要忍受很多的孤独。可是我很欣慰她因为这次夏令营而更加相信这个世界上人与人之间仍旧存在的真诚。这种感觉很重要，对一个缺少安全感的人来说，更加重要。

我丝毫不怀疑未希会好好成长，因为我在她身上看到了最纯净的情感和最难得的美好。

后来……

夏令营结束之后，还经常能在QQ上看到黎未希的踪影。

她说她从原来的学校退学了，开始正式学习摄影；她说摄影让她很开心，但是她担心学不好，因为摄影班里的师傅每天都对她说：“摄影很累的！要扛很重的器材去很多地方！”

我一边鼓励她，一边暗自为她欣喜，但她许多事情依旧让人并不放心，中秋期间她又去了一次深圳，在一个比她大很多岁的男人家里住了几天。她说他们什么也不做，她只是贪恋他的床单，他身上的味道。

我并不怀疑她能保护好自己，但我愿意看到一个更好的黎未希，一个对自己认识更加清晰、更加独立勇敢的黎未希。

她已经年满17岁，在这之后，她在新的人生里，也许不再叫作黎未希。

王卫民：北京师范大学教育培训中心心理咨询中心咨询师
夏令营跟营心理辅导员

再成熟，再无谓，到底也是女孩子

在夏令营开始时，黎未希是所有工作人员最头疼的一个营员，她不参加任何活动，吃饭时也是散漫地东张西望，一度我们认定她是心理问题最为严重的孩子。但是我逐渐发现，其实她一直安静地在看，在听，在观察和判断周围的每一个人，戒备而又充满希望。最让我没有料到的是在夏令营结束的时候，黎未希赢得了几乎每一个人的喜欢。告别的晚会上，她是队员中哭得最厉害的一个，那一刻，她内心所有的柔软都毫无保留地展现出来，她与大家拥抱，用不流利的普通话祝福每一个人，眼睛里流露的是不舍与亲密。

黎未希是一个高度敏感的女孩，成长问题主要来源于她的家庭。从出生开始，父亲就处于缺位状态，母亲根本无力照顾她，从小就颠簸地辗转于几个家庭中生活。从心理学的角度来说，每个人自出生，内心就同时存在着“生本能”与“死本能”。一个家庭中，如果父母的角色功能发挥得比较好，就可以帮助孩子在成长过程中，将来自外界的消极情绪（心理学上所说的“死本能”）积极地过滤掉一部分，保证孩子不被来自外界负面的高强度的刺激和挫折击垮，培养良好的应对能力。但是在黎未希的成长过程中，父母显然未能起到这样的作用。进入青春期后，她在向外界寻求爱与自我价值认同的过程中，强烈渴望与外界包括他人建立稳定的社会关系，但是当面临挫折时，她就无法应对，无能为力，身体里的“死本能”成分就不断强化，消极的情绪逐渐主导她的生活，促使她不断走向迷茫和混乱。

不过黎未希的身上最可贵的一点是，虽然在寻求认同的过程中屡遭挫败，她仍然是个有着向上动力的女孩。我相信，对她来说，这是一个很好的开始。祝福她。

LONELINESS
WHATEVER
寂寞总说
无所谓

女生档案

姓名：维尼
城市：合肥
年龄：16岁
星座： 水瓶座
成长关键词：QQ炫舞，一夜情，同性恋，寂寞
个性签名：记住，不害你的，就已经能算是朋友了

女生自白书

从我有记忆开始，就觉得自己很寂寞。

我的父母是那种再平常不过的父母。也就是说，他们自己没念过什么书，但希望我成绩好，将来考个好大学；他们没有太多钱，但也不会让我冻着饿着；他们声称很爱我，但是遇到什么不顺心的事，就会拿我出气。

不能说我不爱他们，但我觉得他们也并不需要我去爱。小学的时候老师让我们做一天家务，我辛苦巴巴地洗了碗还被妈妈骂了一顿“什么事情都做不好”。爸爸在外地做生意，妈妈打麻将很忙。成绩单要签字，我模仿他们的笔迹交上去，被发现了当然要被打，但不被发现的时候就什么事也没有。

这样的生活过一天算一天，小学毕业以后我已经明白自己不是什么天才，初一的下学期，数学开始学到几何的时候，我已经跟不上课程。

我有个表哥，是道上混的。

超搞笑的是，他的口头禅和我们班主任的一模一样：只为成功找理由，不为失败找借口。

我们的关系也说不上多亲近，但他有事没事还是会罩我一把。有一次体育课上有个男生不小心把球扔在我脸上，还不肯道歉，我无意中把这事告诉表哥，他居然找人打了那男生一耳光！

我其实并不感谢他，相反，我觉得他做得有点太过了。从那以后我在老师和同学的心里，就从一个普通的差生，变成了一个问题少女。好学生都绕着我走，倒是那些混社会的女生跟我走得近。她们传我是初中部的大姐大，我都觉得莫名其妙——我就这样，“被”成为了一个小太妹。

作为小太妹，我偶尔不交作业，偶尔逃课，除非被班干部记上黑名单，老师也不会特别关注我。我的爱好是上课用手机上QQ聊天，一边聊还一边笑，老师们都看我不顺眼。

他们把我叫到办公室，告诉我，只要不影响别人，随我怎么样都好。

逃课不会影响到别人，所以他们不反对我逃课。

做什么都挺没劲的，我逃了课，也只能去网吧。我喜欢QQ炫舞，在炫舞里，我混得比现实生活里好得多。在学校里被老师骂，同学也躲我远远的，但在网络上，我莫名其妙人缘很好，总有人说我有个性啊，对音乐有品位啊，说话很风趣啊，偶尔跟人开个视频，还有人说我是美女。

我就在游戏里认识了我的第一个老公。

他对我，是真他妈的好。开了六个小号，每次对局都给我狂送花，我的人气在一个月之内飙升到1万多；他送我的定情信物是一套999Q币的衣服；然后我们举办了一场系统里最昂贵的婚礼，花了600多Q币，道具很华丽，画面很唯美，气氛很浪漫，最重要的是让我好有面子。

就因为他对我这么好，后来他提出想跟我上床的时候，我实在是没办法拒绝。

那天发生的事，我到现在还清清楚楚地记得。

我是逃课去上的网，舞团的人大部分都没在线，因为很无聊，我就给他的手机QQ发短信，问他能不能上线陪我。

他很快上线了，但那天很奇怪，炫舞好像变得一点意思都没有，聊什么都觉得没精打采的。

他说不如我们找个房间休息一下？

我一下子就明白了，他说的不是炫舞里的房间。我觉得自己应该要生气，但是居然鬼使神差地说了一句：好。

后来发生的一切事情都很搞。

钟点房是他开的，用的他哥的身份证。我们坐在一起接了几个吻，我都没什么特别的感觉。然后他说他带了避孕套，我糊里糊涂地就跟他做了。是我的第一次，很痛，但是痛过一下之后，又很快过去了。一切结束以后，他趴在床上像在找什么，我还没问他，他忽然转过头对我说："原来你不是处女哦！"

我这才明白他在找什么，一下子觉得好恶心。在那一刻，我讨厌那家小旅馆，讨厌没洗干净的被子的味道，讨厌他发育不良的瘦瘦的身体。我觉得好失望，因为我以为第一次的感觉会很震撼，刻骨铭心，可现在除了痛我什么感觉都没有，唯一的感觉就是恶心。

我强忍着恶心的感觉对他说："给我10块钱，我要打车回家。"

他愣了一下，说："我送你回去。"

"你别管我！"我一下子发起脾气来。他好像特别害怕地看了我一眼，从裤子口袋里掏出10块钱，递给我。

那天回家以后，我才发现自己内裤上有血。我怕得要命，总觉得这样不太正常，又怕家里人发现。我一个人偷偷在厕所里洗内裤的时候觉得好委屈，但是我不准自己哭。

为什么要哭呢？哭就代表我真的做错了事。我可以受苦，可以痛，但是不可以认错。

可是那天晚上我上线找他，发现他已经在QQ上把我删除了。

他为什么这么做？难道是因为认定我不是处女？

我是在好几天之后才慢慢地回过神来，他那天做的一切，都是早有预谋的，所以他才会准备好了身份证，还有避孕套。甚至他一开始对我好也是有预谋的，他选择我，是因为我的学校离他的最近，因为我经常逃课比较“好泡”，如此而已。

其实我早就知道，好多男生会玩炫舞，都是为了找ONS，他们绝对不会平白无故地为女孩花钱，可是我居然还傻傻地以为，他和我之间的关系，会有不同。

我觉得心里堵得慌，最后还是去找了表哥，说我被人办了，要他给我出气。

表哥带着人把那个男生狠揍了一顿。我躲在旁边看，可是怎么也开心不起来，如果可以，我真希望这是一段纯纯的恋情，希望我们都刻骨铭心地爱着彼此，这样，我的第一次交出去，就不是那么可惜。

但是为什么，一切要这样结束，一切都要变得这么丑陋、这么不堪？

后来那个男生托人带话给我，说他真的喜欢我，希望跟我继续交往。还说那次删掉我是一时糊涂，因为我走的时候的神态把他吓着了，诸如此类的话。

这些话，我选择一句都不信。

换句话说，在我心里，这个人已经死了。我一定要把关于他的记忆全都抹去，这样，我维尼就还是一个干净的女孩子，还有资格去谈下一次恋爱。

我没想到的是，我的下一次恋爱很快就来了。

我没想到，它会来得那么快。

那个男生是我们初二年级另外一个班的，长得很帅，好多女生都追他，包括我的一个姐妹。

一开始我只是跟风而已。我姐妹天天在我耳边说“他真的好帅真的好帅”，我烦得受不了，就决定去追他了。

因为我比一般的女生还是放得开一点，比如到他们班门口堵他之类的，他很快就注意到了我。我问他：“你能不能做我男朋友？”他说：“我凭什么喜欢你？”

我好像就是从这句话开始喜欢他的。

我喜欢他歪着头，用一点眼神睇住我，带着一点挑衅的姿态问：“我凭什么喜欢你？”

这样的男生足够有范，这才是我维尼欣赏的类型啊！

经过上一次稀里糊涂的网恋，难道我现在不应该清醒一点，主动出击，追求真爱么？

于是我开始用所有办法接近他，加他QQ，打听他的生日，送给他礼物。他不理我，我就找人威胁他当时的女朋友，说我看上彭尚（他的名字）了，你知趣的话就躲远点。

他终于肯跟我在校外见面。那天，我特意买了一包女士烟，当着他的面点燃了一根，回忆着电影里那些女人充满风情的姿态，努力让自己模仿得像一些。

我抽烟的时候，他一直冷冷地看着我。他不知道，那其实是我第一次抽烟，我必须很努力地控制住自己才能不被呛到，不丢人地咳出来。

现在回想起来，这一切都很傻。可是当时，我是那么迫切地，要在我亲爱的人面前表现出一点点与众不同。我抽了半根烟，将烟头丢到脚下用皮鞋碾碎，然后，强装镇定地问他："你考虑好了吗？做我的男朋友？"

如果当时他说"不"，那我简直可以去死了。

可是上天保佑，他沉默了一下，点了点头。

天呐，他居然点了点头！我幸福得一下子快要炸开了，偏偏就在这时候，他向我挨近了一点点，然后，牵住了我的手。

我快要飞起来了啦啦啦啦！

和他在一起的时间，是我人生中最快乐的时间。我们一起逃课去打游戏，一起通宵看电影。我是真的喜欢他，为了他什么都肯做。我送他QQ秀，送他Q币，他生日的时候我给他买了一双adidas的球鞋，我跟他去开钟点房都是我出的钱；我们去拍接吻的大头贴，我偷偷让人在底板上做了两个字"结婚"。我真的希望能跟他天长地久。

两个月以后，他把我甩了。

他说，其实他根本就没有喜欢过我，因为我要他（就是指我威胁他女朋友那件事），害得他和他最喜欢的女生分手，所以他也要让我尝尝被人耍的滋味。

他叫我不准把这件事说出去，不然他就公布我们在一起的时候拍的亲热照。

他还说我是他见过的最贱的女生。

为了忘记这件事，我逃了整整三天的课，三天的时间泡在网吧里。我在想我是不是应该转学，到一个没有人认识我的地方重新开始。

我把QQ的签名换成“我要找个地方好好想一想”。

我在想我到底哪里做错了。我只是想找一个我爱的人好好地相处，为什么到最后，不是伤害别人，就是伤害我自己?

那段时间我在网上瞎逛，拼命加人，还加了饶雪漫的编辑方悄悄。我跟她说我的故事，以为她会吃惊不小，谁知道她反应平淡，只说我傻，叫我今后不要和贱人来往。

她问我：“你说要一个人想一想，都想些什么？”

我说：“我不知道。因为不知道，所以才要一直想。”

如果那天刘宁没来找我，我还真有可能那样一直想下去。

在我的“小太妹”朋友圈子里，刘宁是个远近闻名的贱人。她其实不算坏，但就是喜欢占人小便宜，还喜欢撒谎，因为只是一起玩，大家也不怎么跟她较真。

我和刘宁的关系也不算好，就一般朋友吧。但是那天，她居然专程跑到网吧来找我。我问她“什么事”，她一把拉住我，忽然就哭了。

她说：“维尼，怎么办，我得罪了某某，现在他们一帮人说要打我，我怕他们把我打死。”

说真的，我很错愕。

我吃惊的不是她混到这个地步，而是，她居然会来找我。

“你被人打死关我什么事”这句话险些脱口而出。不过看她哭得那么撕心裂肺的模样，我还是尽量温和地说：“我也没办法，你自己去求他们吧，要不就出去躲一躲。”

她哭着说；“没用的，我得罪了好几个人，他们不会放过我的。你表哥是他们的老大，他们都买你的面子，求你去叫他们不要打我。”

有什么办法呢，我这人最大的缺点，就是心软。

那帮要打刘宁的人里，有我一个玩得很好的朋友菲菲。我问她这件事能不能算了。她说：“维尼你别傻了，刘宁她就是一个贱人，成天在我们帮里面搬弄是非，好几对男女朋友差点被拆散，最后才发现是她在搞鬼。”

我硬着头皮问：“那就看在我的面子上，放过她这一次行不行？”

“你别废话，这次我们打她是打定了，你要是帮她，以后就当没我们这些朋友。”菲菲斩钉截铁地说。

我知道菲菲没有骗我，我也知道刘宁就是那样一个人。可是，就算她再贱，也没到要动用那么多人来打她一个女孩子的地步吧？

我问方悄悄，应不应该帮她？我说：“不帮她，那帮人可能把她废了，但是帮她的后果就是我今后一个朋友也没有。”

她问：“是不是除了你，就没有一个人肯帮她？”

我说是。

她说：“我建议你帮。因为一帮人一起打一个女孩子，这很下作。”

“可帮她对我也没好处啊！”

“没有好处地去做一件事，也算是一种高贵吧。”她回答我。

我决定帮刘宁。可能我心里一直想的也是帮她，别人只不过帮我把说不出口的话表达了出来而已。也许我是被“高贵”那个词打动了；也许我一直想做一个不同的人，干点不同的事，只是没有机会。

现在，这个机会就在眼前，我就算害怕，就算犹豫，也只能硬着头皮往前闯了。

我代刘宁和菲菲他们约定了见面的时间。按照道上的规矩，这种情况下刘宁这边也是可以带人的，但她人缘实在太差，最后跟她一起去的只有我。

菲菲他们看见我去了，都很诧异。其实这是我第一次真正地经历打群架的场面。我努力地组织着语言，不让他们看出我的胆怯。“这么多人打一个，太过分了，有种上来单挑啊！”我居然说了这么一句傻到家的话，单挑我也赢不了，他们中有好几个男的呢！

“你算什么呀维尼，要不是看在你哥的份上，我们连你一起打！”人群里有个女孩挑衅地说道。

我一下就火了，冲过去狠狠抽了她一巴掌。我人生的第一场群架就这么火爆热辣地开场了。我还没反应过来，脸上就被人抽了好几下，我尖叫着用穿着凉拖的脚用力踢那个打我的人，打死一个够本，打死两个赚了！

然后我就被菲菲拖开了。

菲菲看着我，一字一句地说：“维尼，看在过去是朋友的份上，我们卖你这个面子。既然你铁了心要帮这个贱货，那我们也不能不给你机会。这样吧，今天就在这，你给我们大家下跪，跪下以后说‘我是傻B，我错了，你们大人不计小人过’，那我们就放过她。不然的话，请了这么多兄弟过来也不是吃素的，后果怎么样你很清楚。”

我瞪大眼看着菲菲。我没想到，平时一起花钱一起混劲舞团的姐妹，会把我往绝路上逼。

刘宁偷偷地拉了拉我的衣袖，我看见，她的眼泪又掉了下来。如果我现在甩手就走，她一定会被这帮人打得半死，而我呢？我也会被说成一个假仁假义、临阵脱逃的家伙，还有什么高贵，简直就是个真正的傻B！

脑子里像忽然通过一阵电流似的，等我反应过来，我已经跪在菲菲他们面前了。眼睛里烫烫的，我知道我自己在哭，但是那几句话，我说不出口，死也说不出口。

菲菲大概没想到我真会跪，愣了愣，什么也没说，就带着那帮人走了。

刘宁用力地抱住了我，她也在我的身边跪了下来，放声大哭。

因为脸被打肿了，那天晚上，我给爸妈打了个电话说要到同学家里复习功课，就没回家。

刘宁出钱，我们在宾馆开了一个房间。一整个晚上，她一直很小心地握着我的手，一只手被汗湿透，就换另一只。

我不喜欢这种湿湿的感觉，但也不好对她太不客气，我说："你以后也改改吧，再得罪人，我也帮不了你了。"

她定定地看着我，忽然又抱着我哭了。

她一边哭一边对我说；"维尼，你是我见过的最好的女孩，是我这辈子唯一的朋友。我会永远记得你的好，我会用我的生命来报答你！"

"好啦好啦。"我有点厌烦地推开她。就只知道哭！她哭的时候眼睛鼻子皱成一团，看上去真是又丑又傻。我不敢相信，自己居然为了这么一个人强出头，还给人下跪，难道真的是脑神经被烧坏了？

那天晚上我没睡好，翻来覆去地想的都是一件事：我居然下跪了！对着那一帮小太妹下跪，简直是一辈子都洗不掉的屈辱。我闭上眼睛就不断地做梦，梦里好像有个时光机，可以拨回去就当一切都没发生，可是到最后总有人告诉我“那是真的”，然后我就会惊醒。

早晨醒来的时候，刘宁睡在我旁边。“维尼，我昨天想了一晚上，”她低声说，“不如我们两个好吧。你被男生骗过，我男朋友知道别人要打我就躲得远远的，我们以后再也别相信男人了吧！”

说完这些，她轻轻地把手放在了我的胸口。

那种感觉很奇怪，很奇怪，就好像有一片不干净的云飘了过来，重重地压在我的心脏上。

我跑到卫生间，一阵干呕。刘宁担心地跟了过来，拍着我的背，问：“维尼你怎么了？”

我说：“没什么，忽然觉得有点恶心。”她好像明白了什么，转过身，不再看我。

她那样子真的很可怜。

中午的时候我决定去上学。刘宁一直跟在我身后，什么话也不说，走几步，忽然跳一下。我很奇怪，问她在干什么，她牵住嘴角，傻傻地笑了笑说：“我在试试看能不能踩到你的影子，有意思吧？”

那一下我心里特别特别难受，不知道是怎么了，转身就握住了她的手。

她好像被吓了一跳：“你怎么了？”

“我们，在一起吧。”我咬着嘴唇说。

就这样，我和刘宁“在一起”了。

我会答应她，只是因为我寂寞。朋友都没了，学校也不想呆下去，时间一下子变得很长很长，长得像一根永远都拉不断的橡皮筋。在那么长的时间里，如果没有一个活人陪在身边，我一定会发疯。

但是，我很快又后悔了。

因为我发现，我自始至终都不喜欢刘宁。当初帮她就不是因为喜欢她，现在更处处看她不顺眼。我看不惯她遇事只会哭，看不惯她的彩色丝袜，看不惯她喝汤吧唧吧唧响，看不惯她所有的一切！

但我一直都忍着，因为，我所有的朋友都不理我，我也只有她了。

她拉我的手我总是躲开，我发现，同性恋也不是那么好当的，如果你不是，那就不是，事情就这么简单。

那段时间，发生了另外一件事。

彭尚回头来找我了。用他的话说，分手以后他才觉得没有我的生活是多么空洞，原来我才是他最爱的人。

说实话，我心动了。但是一想到他分手的时候对我说的那些狠话，我就心有余悸，如果这一次他还是要我的，怎么办？

我把这件事告诉了方悄悄，方悄悄尖刻地说；“你现在不是喜欢女人吗？”因为她始终叫我不要答应刘宁的。

我又告诉了刘宁，结果她不可置信地看着我，说：“你还想跟他复合，那我怎么办？”

好啦好啦，其实我本来也没打算答应他。凭什么他想分就分，想和就和？难道我真的那么贱吗？

我对彭尚说，我不可能重新跟他在一起，请他死心。我以为这件事情就这么结束了，但是没想到彭尚那个人就跟抽风似的，一天到晚老缠着我。

最后他又拿那些照片来威胁我，说我要是不和他和好，他就把照片全都发到网上。

我把心一横，回答他："你想发就发吧，别说我没警告过你，发了之后你怎么死的都不知道！"

他到底还是没敢发那些照片，但开始到处散布关于我的谣言，说我跟多少男人上过床，都是些特别恶心的话。

我终于还是找人把他给打了，我自己没去看，不过据说打得他下跪求饶，在家里躺了半个月。

但即使是这样，我一点也不觉得出气，一点也高兴不起来。为什么我总是喜欢上这样的烂人呢？难道说我自己真的有问题？

但这一切，还不是事情的结局。

我一直被蒙在鼓里，到最后，还是菲菲给我打了个电话，在电话里她都没能成功地掩饰她的幸灾乐祸。

她说："全世界的人都知道刘宁和彭尚搞在一起了，你还天天傻呵呵地跟她玩，你恶心不恶心？"

我挂了电话，脑子里一片空白。

我没想到的是，当我去质问刘宁这件事的时候，她承认得特别爽快。

她根本没觉得自己有什么对不起我的地方，反而数落了我一大堆的不是。

她问我："你那天被人打，是谁帮你挡的？你最孤单的时候，是谁陪在你身边？"

我都傻了，居然没有问她，那天我被人打是为什么？我没有朋友又是谁害的？我去给人家下跪又是谁害的？

她又说："我根本没有对不起你，我和彭尚都是被你伤害过的人，我们只是同病相怜而已。"

"我怎么伤害你了？"我问。

"问你自己吧。"她冷冷地说，"这一切都是你的错。你说跟我好，但你连手都不肯让我牵。在你心里我根本什么都不是，你一边跟我好，一边看不起我。你根本不懂得尊重别人，你根本不配被人爱！"

我愣住了。

因为，她说的每一句话，都是对的。

我没有哭，至少是没在她面前哭。我也没让她知道，她说的话是那么准确地击中了我，那么让我无从反驳。我知道我伤害了她，我甚至一直自欺欺人地以为，她傻，她看不出来我对她的厌恶。说到底我根本就不在乎伤害不伤害她，我利用她来填补我的孤单，可是，我也并没有得到快乐。

一个礼拜以后她又给我发短信，说想跟我和好。

我说："以后我们桥归桥路归路，我不找你麻烦，请你和那个姓彭的贱人离我远点，你们的幸福跟我无关。"

她说："不是啊，维尼，我和彭尚现在已经分手了，他根本就是个烂人，只是利用我来气你……现在他的新女朋友说要打我，我不知道该怎么办才好……"

怎么办，去死！

这一次我是不会再帮刘宁了。

那个女生是我们学校高中部的，她们"算账"的地点就在我们班外面，我戴着耳机，不过偷偷地把音乐声关掉，好听见外面抽耳光的声音，我觉得好痛快。她们一边打，我一边用手机在QQ上给方悄悄直播精彩内容："揪头发了！""抽耳光了！""好痛快，真是报应啊！"可惜她好像在上班，一点没理我。

但是刘宁那个贱人，她居然又扯到了我，她说："彭尚喜欢的人是维尼，你怎么不敢打她，就敢欺负我？"

然后我就听见那个女生嚣张地说："她算什么！她就是一个贱货！只知道勾引别人老公！我打完你再打她！"

这我可不能再忍了，把手机啪地往桌上一拍，就走出了教室。

当然，在我出去之前，我先给我表哥打了个电话。他听见有架可打，十分兴奋，告诉我："我10分钟后到！"

10分钟之后，他来了，还带了两个兄弟。我正和那女生厮打在一起，他上来，一把拉开我，抓住那女生的衣领就抽了她两个嘴巴，那女生一下子退了几步，贴到了墙上。

我说："这里交给你处理了哦，我还要写作业。"

然后我就进了教室，戴上了耳机，听郭采洁的《烟火》。

过了几分钟，我用余光瞟了一眼窗外，看见他那几个兄弟，下手还真狠，一脚就把那女生踢到地上，又拉起来，揪住头发往墙上撞。

"行了行了，差不多就得了。"我不得不出去制止。我可不想闹出人命。

得饶人处且饶人，毕竟是那个女生先惹我的，我还救她一命，我做人真是太地道了。

可是那个女孩擦了一下唇边的血，只憋出来一句："维尼，你等着！"

后来她去验了伤，然后把验伤单扔到了教务处，我等来的结果是我被退学了。

我的爸妈好像是在被老师叫过去的那一天，才重新发现了我的存在。

老师说了我一堆的不好，那些我以为他并不在乎的事，比如逃课啊，比如不交作业啊，比如上课睡觉啊，他一股脑地告诉了我爸妈，最后得出的结论就是：这孩子根本就没救了，学校也没辙，你们把她领回家好好管教吧！

他们把我领回家，我妈妈一路上只是哭，回到家还是哭。她说："你什么时候变成这样了啊，我们一家人的脸都被你丢尽了！"

我爸把我狠揍了一顿，这我倒是没什么感觉。他打得不是很痛，比这更痛的事情，我经历得太多了。我们三个就好像陌生人一样，一起坐了一夜。我忽然好想让他们知道，我已经不是处女，我会抽烟、会喝酒、有过两个男朋友，还嗑过药。可是我跟他们说这些，有什么用呢？

我找不到任何人诉说我的痛苦，除了网上那个从没见过面的编辑方悄悄。

方悄悄听完我的故事，问我要不要来参加北京的夏令营。我去跟妈妈说，她又把我大骂了一顿，说什么夏令营，全是骗人的东西，你就知道跟那些不务正业的人瞎混！

几天以后她告诉我，她给我找了一个行走学校，让我进去吃点苦，受点教育。

我说；"你敢送我进去，我就敢逃出来，你信不信？"

她说；"逃出来我就打断你的腿！逃出来你就别回这个家！"

现在，她就在隔壁屋里给我收拾东西。我心里很乱，不知道该怎么办。

我真的觉得好委屈，自己从一开始就只是想去爱一个人，可我就好像一部劣质爱情片里的女主角，每一步都是行差踏错。

为什么我爱过的那些人，到最后连伤口都没带给我，而是通通变成了嘲讽？

我问方悄悄，结果她反问我："你真的爱过他们吗？或者，你知不知道什么是爱？"

我真的爱过他们吗？

我知不知道什么是爱？

这两个问题我答不上来，它们就像两把小刀子，在我的心里一刀一刀地剜得生疼。

可我明明是想要去爱的，我知道，一开始是那样的。

现在变成了这样，又是谁的错呢？

雪漫记录·面对面

Ⓠ饶雪漫
Ⓐ维 尼

时间：2010年8月05日　　地点：网络QQ

Ⓠ饶雪漫：你前些天一直在问我，事情变成这样是谁的错，我想先问你，你自己找到答案了吗？

维尼：我想过了，是我的错。我错在总是和贱人搅在一起，就像方悄悄说的那样。

Ⓠ饶雪漫：可这句话我听着还是像是在说别人？

维尼：确实是在说自己。因为总是遇到贱人，说明我身上有东西吸引他们啊！我最近看到一句话觉得说得很对：有时钉子来得快，也许自己是磁铁。

Ⓠ饶雪漫：你倒是很有自我批评的精神，那有想过自己为什么会吸引那些你所说的“贱人”吗？

维尼：我傻，讲义气，不会拒绝别人。我害怕孤单，所以别人总是能乘虚而入。

Ⓠ饶雪漫：孤单真的有那么可怕吗？我反而觉得一个人呆着挺好的。

维尼：那是因为你老了，忘记自己十几岁的时候是什么样子。要是你在我的位置，一个人呆上三天，保管你会疯掉。那种感觉只有真正经历过的人才懂。

Ⓠ饶雪漫：不知道你有没有听过一首歌，里面唱“当我习惯寂寞，才是自由的时候”，江美琪唱的。

维尼：寂寞这种事情怎么可能习惯呢？也可能是人和人不一样吧。

Ⓠ饶雪漫：不是我老了，而是你不懂得怎么去对抗孤单。我17岁的时候，是用写作来对抗，但你一直没找到自己的方式。

维尼：不是每个人都像你那么有天分的。要是我像你一样会写，我早就埋头写字赚钱，让寂寞见鬼去了。

Ⓠ饶雪漫：你可能没有写小说的天分，但是也许有别的天分？你不努力去试，又怎么能知道？

维尼：我试了呀！可是结果你也看到了。

Ⓠ饶雪漫：你试了，但你没有足够努力。好像一旦得不到别人的认可，你马上就会缩回去，这样根本不可能做成任何事。

维尼：……

Ⓠ饶雪漫：其实在你的故事里，我觉得最感动的一点就是，你为了刘宁去给人下跪。虽然有点傻，但可以看出你是个善良的女孩子。

维尼：善良顶个P用！最后她还不是背叛我了？跟我前男友搞在一起，想想就来气。

Q 饶雪漫：我觉得最莫名其妙的一点就是，你们好像都不是蕾丝边？为什么有一段会在一起？
维尼：这种关系现在挺流行的吧。两个女生互相关心的那种感觉。也不管是不是蕾丝边，反正女生之间亲热一点也无所谓，但我就是做不到和刘宁亲热，可能我太看不起她了。

Q 饶雪漫：你知道吗？当别人用尊重和爱来对待你的时候，你如果不付出同样的尊重和爱，对别人就是一种伤害。
维尼：我知道我伤害了她，但她也报复过我了，我们扯平了。

Q 饶雪漫：后来还有联系吗？
维尼：偶尔还有。她还是那样，受人气之后动不动就找我来哭，还说要跟我和好。有时候还真的想答应跟她和好算了，因为太烦了。

Q 饶雪漫：你已经原谅了她。
维尼：也许吧。

Q 饶雪漫：可我觉得，太容易原谅别人，说明你根本不在乎什么是对什么是错，只凭一时的感受来判断和处理事情。这就是你一再被欺骗、被伤害的原因。
维尼：也许吧。对了告诉你一件事，我要转学了。虽然我不想转学，但有时候觉得这也是件好事，至少我跟过去那些乱七八糟的人一刀两断了。

Q 饶雪漫：那你对未来有什么打算？
维尼：这个问题好俗气。不回答。我要下线了，886。

雪漫记录·印象

维尼是方悄悄介绍来加我QQ的。

方悄悄知道我忙，很少告诉别人我的QQ，所以我很好奇，这个女孩是什么样的人。

“挺傻的。”她说，“别人说什么就是什么。”

她举了一个例子，说这个女孩为了一个自己不喜欢的女生，和自己的所有朋友决裂，还下跪了。

“虽然是我劝她帮的，但我也没想到她会下跪啊。”方悄悄说，“所以我总觉得欠了她一点什么。”

她欠了别人点什么就要我来还，真是个不要脸的家伙。不过，我还是通过了维尼的申请，因为我也想了解，这个“挺傻的”女生，到底是什么样子。

一上来的时候，她很跩：“饶雪漫，你想不想听我的故事？”

我按着脾气，说：“那就听一听。”

其实这些女孩的故事，也不过是一个个的男朋友，或许再加上女朋友。聊过第一个、第二个、第三个男朋友之后，她忽然问我：“你觉得我们算是朋友吗？”

我说“不算”。我是实话实说，朋友可不是那么简单就算的。

她马上丢过来一句：“我也觉得不算。”

然后又补充：“跟一个陌生人聊这些，感觉还挺好。”

然后她就下线消失了。

看上去是挺骄傲，其实是个极度敏感、容易被伤害的家伙。

暑假的时候，维尼去了行走学校，结果不久就逃跑了。她说幸好她去的那所学校不是那么严。她翻围墙出去的时候，崴了脚，又不敢回家，只好跑到网吧里去，给悄悄发短信，问怎么办。

悄悄回复：“还能怎么办？豁出去被妈妈打一顿，回家呗！”

她回了家，在等待转学的时间无聊度日。她要我推荐一些书看，我给她推荐了几本小说，过了几天她果真来向我汇报，说看过了，觉得不太有意思。她反而跟我推荐一本叫《先知》的书，说是很有哲理。

我去网上搜了一下这个书名，大吃一惊：纪伯伦！？太有文化了！这样的书，我可消化不了。

可能就是从那一刻起，我对这个维尼，有了点另眼相看的意思。

她并不像方悄悄说的那么傻，也不像她自己描述的那么糟，她有自己的思考，有自己的追求，只是因为她害怕再一次被嘲讽而不敢说出口。

我因此开始主动找维尼聊天，因为我知道，像她这样的女孩，其实很需要别人的认可和肯定。果然，她开始渐渐活跃起来。有一天，她发给我一篇小说，说是她自己写的，请我给看看，指导一下。

她的小说写得不算好，一看就知道是写的自己的经历。不过，有些细节写得还挺感人的，至少说明她是个认真体会生活的孩子。

大概是我因为没有充分肯定她的写作才能吧，写小说的事情，她没再提过。过了几天，她又从网上找了几张很有意境的图，让我给她配字，说她想学美术，现在要开始练习软件。

我真的给她配了字，但是，她学习美术的劲头，好像也持续了不到三天，就偃旗息鼓。

但我并不想责备她没有恒心没有毅力，相反，我觉得她的这些尝试，都值得肯定。她似乎在努力地想从目前的生活里挣脱出来，就像一只努力想飞越沧海的蝴蝶，但是，横亘在她面前的东西太多，她只扑动了几次翅膀，就失去了方向。

像维尼这样的孩子，一开始总让你觉得有些可恨，可到最后，又让你感到某种程度的无力。

转学以后，维尼又一次上线找我，说妈妈带她去看了心理医生，结果医生说，她有抑郁症，而且是中度。

“可我觉得我一点毛病没有！”她说，“那些医生，就知道骗钱！”

我其实也不太相信维尼会有抑郁症，抑郁症的孩子我接触过，没她这么活泼的。

过几天她又告诉我，她想跟现在的男朋友分手。

“为什么？”我问。

“不知道。”说完这句话她就匆匆下线了。

维尼，你到底在想什么？好吧，不管你要做什么，我都希望，这一次你在做决定之前好好地想一想，不要再一次轻率地伤到自己。

后来……

维尼和方悄悄比较亲，所以她后来的故事，我基本上都是从悄悄那里听来的。

夏令营结束后不久，悄悄就对我说：“维尼上次物理考了第一名呢。”

我知道她不是那种特地要跑来说谎话的孩子，所以这点一定是真的。

现在维尼乖乖在家，被妈妈没收了手机，只能偷偷摸摸地上会儿网。有一天她在QQ上敲我：“我烦死我妈了！我什么都没做，她一不高兴就打我！我总有一天要离开这个狗屁的家！”

我没有回复她，因为我知道她现在还在心理混乱期，任何一点建议也许都会起到相反的效果。

她还是想写小说，可是总写不好一个完整的故事；她谈恋爱，决心要好好对那个男孩，可是过了几天，又内疚地说她脚踏两只船，因为同时在和别人交往。听上去，她的生活好像真的混乱不堪，但其实，她好好地呆在学校里，没惹事，还考了个第一名。

也许维尼是个太聪明、太不定性的孩子，在过多的选择面前傻了眼。

她说，最好笑的是，自己现在被当成了一个好学生。但其实，对自己的这种新身份，她也不是完全排斥的。当个好学生又有什么不好呢？维尼，只要你认清楚自己，你就会永远是你自己。

王卫民：北京师范大学教育培训中心心理咨询中心咨询师
夏令营跟营心理辅导员

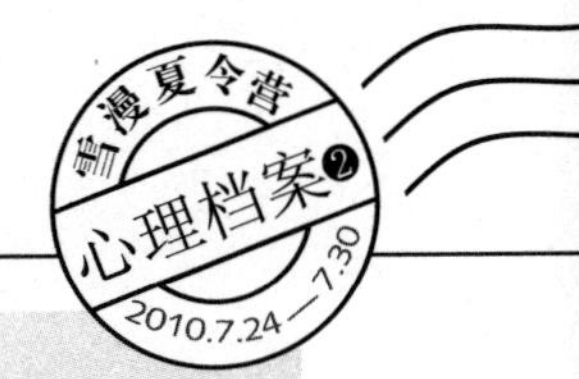

自己的王国，需要自己保护

在和维尼的接触中，我最大的感受是年轻的岁月里，不需要“好”与“坏”的评价。无论这评价是由别人还是自己做出。

也许有人会说维尼是个坏孩子，但在我眼中，维尼展现出来的是一个逐步建立自己王国的新人形象。建立自己的王国不仅意味着自己的独立，同时意味着对自己王国的保护。

维尼给自己的名字前加了两个字：寂寞。其实，这是进入自己的王国后情绪上的一种自然体验。这个时候，孤寂是必须去面对的第一个问题。而这时的维尼还没有做好准备迎接和承受这种孤独。“被”大家归为“小太妹”，其实是她自我意识对抗外界误解和质疑的一次落败。

对年轻的孩子来说，自我意识坚定，意味着对于自己恒定的评价和对于自己高度的认可，时刻清楚地知道“我是谁”。当然，自我意识需要边界，正如王国的城墙一般，当这一边界不清晰的时候，各种不确定的因素都可能影响到这个王国的安定，刘宁的出现即是如此。本来是别人的事情，维尼却主动揽入自己的怀中，试图扮演救世主的角色，结果却因为事情脱离自己的控制，反倒受到了意想不到的伤害。

所以，我最想告诉维尼的是：孤独是一个人成长必须面对不能逃避的事情，自我意识的成熟是需要更坚定的信念的：你的王国，需要你自己保护！

SAY GOODBYE
TO THE PAINFUL
FIFTEEN
再见，一碰就痛的
十五岁

女生档案

姓名：柳丁

城市：绵竹

年龄：15岁

星座：金牛座

成长关键词：“5•12”大地震，肩斜，手抖，天中论坛

个性签名：我的美丽弱智们看不见

女生自白书

我叫柳丁，今年15岁。

如果你看我的故事,是希望读到什么“爆点”的话，你一定会失望的。

说来抱歉，我的人生离“轰轰烈烈”这个词有太远的距离，唯一一次值得提的恐怕就是——“5•12”大地震。

地震那天，我家房子塌了，我从废墟里爬出来的时候四周都是哭嚎的声音。天黑得像一块漆，一眼看不到边。我只看见很多人跑来跑去，而离我最近的地方，有一个女人抱着死掉的孩子在哭，声嘶力竭的。但你一定想不到，我当时满脑子的念头就是——这么好的机会，为什么被震死的不是我！为什么我还活着！

是的，我不想活了，这个念头由来已久。

我知道你会怎么想——像我这样的“90后”，大都身在福中不知福，活该！但我的“不幸福”感，真的是从很小的时候就开始的。

小时候，别人都有新衣服穿，可我差不多一件新衣服都没穿过；别人去哪儿都有爸妈陪，而我总是孤孤单单的；别人成绩好长得也漂亮，但我肯定是那种普普通通掉进人堆里就再也拣不出来的。造成这一切的原因很简单，其一，我妈不愿意在我身上花钱；其二，我妈大部分的精力都放在我爸身上。

她老觉得，我爸有外遇。

我爸有没有外遇我不知道，但他确实真的很少回家。有天晚上，我妈来我房间，她一进来就坐在床边哭。眼泪跟不要钱似的哗哗流。

她一边抹眼泪一边质问我："你爸不在家你没发现吗？"

我嘴上说"哦"，心里想他不是常常不在家吗你抽什么抽！

她又一边抹眼泪一边说："你爸不在家的时候，为什么你连问都不问？是不是你爸死在外面了你都不会关心？"

我冷冷地说："什么乱七八糟的啊。"

她不哭了，像看一个怪物一样地看着我，然后用绝望的声音说："柳丁，我怎么生了你这么个怪物！"

这问题真是奇怪，当然只有怪物才能生怪物嘛，用脚趾头想想都知道。

我妈的悲剧就是，每一次她骂我的时候都反应不过来其实是在骂她自己。

看着我妈气急败坏地走出房间，我当时唯一的想法就是：痛快，真他妈痛快！

不过那之后，我就发现了我妈的担心并不是没有原因的，我爸真的有问题！

那天，我们学校老师开会，提前把我们放回家。我回家才发现自己忘带钥匙了，但我妈要7点才下班，所以我就只能坐在门口的楼梯上等着她回来。

我坐了大概半个多小时，我家门突然开了，我吓得差点跳起来。结果从里边走出来一个陌生的女人，她看见坐在门口的我也吓了一跳，但只瞥了我一眼就下楼了。

我这才反应过来原来我爸在家。

难道刚才那女的，就是传说中我爸的小三？她头发很长，戴眼镜，身上喷得香香的。其实说实话，我看着还挺顺眼的。

结果我正想着，门就又打开了，我爸跟我对视，我俩都愣了。

其实被我爸发现的第一秒，我还挺紧张的。可后来我发现他看着我，比我还慌张，就一下子踏实了下来。

干坏事的是你又不是我，我怕什么？

看得出来，他本来要出门的，手里还提着垃圾袋，可是看见我，居然转过身又回屋了，还跟我说："你赶紧洗个手，我买了苹果。"

我跟着他进了门，什么都不提，只是故意地说："哎，我们家有一股什么味？"

他一听我说话，特紧张地从卧室跑出来，眼睛都不眨地跟我说："没有啊，从楼道串进来的吧。"

我都快笑场了，他可真能演。

这就是大人。

他们再丑恶都不要紧，不要脸得要命。

虽然我真的不喜欢我妈，但那些日子我还是觉得我妈挺可怜的。

但可怜之人必有可恨之处，我妈有太多坏毛病了，我一直觉得，她活该。而且很多东西，都是她把我带坏的。

比如说，偷东西。

我上小学二年级的时候，跟着我妈去商店。我还没反应过来，就看见她一把抓了好几个果冻，然后看了看旁边没人，就偷偷扔进自己提着的包里了。我傻眼了，没想到她会干这种事。可我又一想，她都这么干，我为什么不能？所以我就学她的样子也抓了一把。可惜我手小，只抓住了一个，还没有地方藏，所以我想递给她，她却狠狠地白了我一眼说："藏着，别给我！"我只能握在手里，然后心惊胆战地跟着她出了商店。

有了第一次就有第二次。第二次是在我小学四年级的时候，我姨妈从外地出差回来，全家人准备去外面吃饭。我放学回家放书包的时候，看到姨妈的钱包放在客厅，而客厅里一个人都没有。我心想：反正姨妈很有钱，我偷几张也不会被发现，所以走过去拉开了她的钱包。

其实我还是内心斗争了一下，不过我是在想偷多少才合适。我先抽了一张五块的出来，可是觉得太多了，就放了回去，改拿了两张一块的。但又觉得是不是偷就应该多偷点，但想再换成五块的却发现它夹在一大堆纸币里找不见了。就这样越急越慢，结果悲催了，钱包还没合上的时候我妈就进来了。

估计也是怕惹事，我妈当时没骂我，只是站在门口直勾勾地看着我，盯得我一身汗。结果晚上吃完饭回来，她就迫不及待地开始训我。

我梗着头听着，心想：我偷了，就被骂，可她明明也偷东西，却还能来训我，凭啥，凭啥？！

她见我不认错，就让我跪下。我不跪，她就扑过来噼里啪啦地挥巴掌抽我。

我一下就急了，边躲巴掌边喊："你不也偷了吗，你敢说自己没偷？"

她气急了，从旁边拿起一个晾衣架打我。过了一会儿，她骂累了打累了，就放我回屋。那天晚上，我躺在床上琢磨自己到底跟她学了多少坏毛病，越想越生气。

我总结出一点，我要是以后变成她那样的人，还活个什么劲儿啊！

所以说，我烦我妈不是没道理的。

她天天在家跟我爸吵架，两人关起门来声音还是特大。我塞上耳机把音量开得震天响，但还是连作业都写不下去。我正想去他们屋告诉他们“小点声”的时候，却突然听见我妈蹦出“小三”、“狐狸精”这些字眼，估计她已经知道这件事了。

可是最后他俩还是没离婚，我真意外。

我每天都用特同情的眼光看着我妈。只要我爸一回家，她就来我屋里看着我写作业。我要睡觉了她也不走。只要有人打电话找我，她就问人家叫什么名，找我什么事，而且只要打电话超过五分钟，她就站在我旁边看着我，弄得我多说一句话都害怕。

她还偷偷看我日记本。虽然她老以为我没发现，其实我早就知道了。我还故意停写了一阵，但她还是偷看，所以我就只能乱写，抄个什么“真正的勇士敢于直面惨淡的人生”这种句子刺激她。

像我俩暗地里做斗争一样，愈演愈烈。

冬天时我跟几个同学约好一起坐车去成都玩，其实当天去当天回，不会有危险也花不了多少钱。

最初她是同意的，只是问了问都有哪些人和我一起去。可是没过两天，不知道她哪根筋不对，她又反悔了，并趁我下午去上课，找了我的班主任，说我要跟其他几个坏孩子一起去成都耍，非让老师给那几个同学的家长打电话，阻止我们去。

从那时候起，我几乎没有朋友了。他们都不理我。

我觉得我不能再妥协了。

我想要离家出走，但因为无处可去，只好作罢。

我在网上加了雪漫文化编辑部方悄悄的QQ，我把我妈的这些事儿都告诉了她。可她跟我说，我跟我妈可能是青春期遇见更年期，太多小孩都因为这件事在家跟父母战火纷飞，没什么了不起。

好吧，我忍。

初一，我开始住校，隔了两个星期，月考结束后我才回家。可是我刚一推开家门，我妈就跟早有准备一样，把一张纸摔到我身上。

我站在门口就愣了。然后她走过来把我扯进屋，冲我喊：“给我跪下！”

我书包都被她扯掉了。我看着地上的纸原来是话费清单，估摸是花多了，她不高兴。可我才花了50块，她抽什么疯。

但跪就跪，又不会少块肉。

结果我爸回来的时候，她就跟唱戏一样哎哎呀呀地说自己头疼，说没想到我这么不听话，才14岁就在外边交男朋友。

我晕，这么扯的事她也能说出口，但我爸这个脑残也相信了，还鼓动我妈给清单上的人打电话。我不想再次让别人看我丢脸，就只能认错，求她别打。

这时候我爸冷笑了一声：“哼，不知廉耻！”

我真想问问，他找小三的时候知廉耻了吗？

可我没敢，只是抬起头盯着他。他肯定没想过我会这样，结果也扑过来拿巴掌打我。他手劲比我妈至少大三倍。我差点就闭气了。

他俩闹累了，就没再搭理我。回屋后我发现胳膊和大腿都青了，都是我爸打的。我想，他一定是觉得是我告诉我妈小三这件事的，所以他恨我，很正常。

我想着他俩的神情，突然觉得大人真没劲。

没过一会儿，我妈又冲进来，把我手机没收了。

临没收前，还当着我的面翻了一遍电话本和短信箱。

她读一个人名，我就说是同学；再读，我补了句：女同学。

这日子，能过吗？

暑假，我去成都看姥姥，住在舅妈家。舅妈对我挺好的，每天都买水果给我吃。我看着她，长长直直的头发，黑亮亮的，比我妈看起来温柔多了。

不知道是不是我在家习惯偷听的缘故，有天夜里，我上厕所，听见她和我舅舅在房间说话，便不自觉地停下来竖起耳朵听。

不听不知道，一听吓一跳。白天还在我写作业时候摸着我头发说“我要有柳丁这么个女儿就好了”的舅妈，竟然在跟舅舅说：“唉，柳丁她妈说她天天不知廉耻地跟男孩鬼混，咱不替她妈管管，她以后可怎么办啊。”

我真想踹开卧室的门进去呼呼两巴掌扇在她脸上。

晚上躺在床上，我有一种寄人篱下的委屈。可这些都是我亲妈跟别人说的，我能怨谁呢？我不知道为什么我要受这种侮辱，而且还是我妈带来的。

第二天一早我就收拾东西回家了，我舅妈问我，我白了她一眼，说了句“拜拜”就走了。回家后，我妈在家里做家务，没理我。可我知道我刚一回屋，她就给我舅妈打电话数落我。

我把门扒开一条缝，听见她跟我舅妈说：“那混账小孩儿，真不知道当初我怎么生的。你都不知道，我有时候气得都想杀了她。”

我必须承认，听见自己的亲妈说出这种话，我是真的绝望了。

这个世界真虚伪，人人都TM虚伪。

所以我做了一个决定——我要自杀。

反正对我来说，活着早就没意义了。

凭着仅有的常识，我知道自己是买不到安眠药的。所以万般无奈之下，我选择了厚脸皮地向我一个家里开药店的同学要。

她斜了我一眼，问：“干啥子？”

我先说：“哼，毒死我妈！”不过马上还是纠正说，“在学校每天晚上都睡不着，太痛苦了。”

“靠！你个瓜娃子！”她嘻嘻笑起来，并挥手一巴掌拍了我脑袋一下，转过头继续听课。我看着她的背影，没敢再问。

但是第二天，她还是把药带给我了，还跟我说：“喂，一天只能一颗哈，吃死了可别赖我。”

我接过来的时候，还是有点紧张的，赶紧塞到书包里。

择日不如撞日，就在那星期的周末，我选择住校。晚上同宿舍和我一样没回家的两个女孩已经睡了，我等了一会儿，才摸黑倒了杯水，然后从小药盒里把那些白色的小药片倒了出来。

放在手心里10多粒。我不知道够不够，就全吃了。而且我估计，这么一大把，应该差不多。

我当时手都在抖，然后一股脑儿地把手心里的药片都放进嘴巴里。有几片还粘在了我的嗓子眼儿上，苦死了。

我没忍住，用被子捂着嘴躲在床上哭了。

当时宿舍特安静，可我耳边一直嗡嗡地在响。我妈骂我的很多话都一起回响着，不知道是不是药效犯了，我的头开始晕，有点想吐，可是又起不来身。

睡过去之前我最后一个念头是：我还没享过福，我连北京都没有去过，我就这样死了，多可惜啊。

可是第二天，当我自己醒来的时候，我都要崩溃了。我的第一个念头是：我是活着还是已经上天堂了？

我坐在床边愣了愣，然后想站起来的时候有点头重脚轻的感觉，一晃，手甩在床边的铁栏杆上了，生疼。

我没死！

我看了一眼时间，下午3点，宿舍里其他人都走了。然后我起身，穿衣服，下楼买饭。

我这才意识到，人活着，死也不容易。

没死成就算了，但我没想到的是，吃过量的安定，会导致手抖，就跟帕金森一样吓人。

刚发现的时候是在我写作业的时候。我拿笔的右手突然开始抖，字也写不下去。我怕死了，就用另外一只手使劲掐住，可是直到青一块紫一块它也还是抖。我不知道能用什么办法解决，我以为只是偶尔抖，注意一下就没事了。可过年回老家的时候，却被我奶奶看到了。

她大呼小叫地把这事讲给我爸听，玄乎得不行，说什么绝症的征兆就是手抖。我爸这才带我去医院看病。医生检查了半天，然后问到有没有服用过量的药物，我说没有。他继续诊断，过了一会儿，竟然又问了一次，而我还是摇摇头，肯定地说“没有”。

其实我生怕他会诊断出来，我想，要是让我妈知道手抖是自杀导致的，我肯定还会挨打。还好他没有，只是跟我爸说是我习惯不好，让家里人注意一点。从医院走出来的时候，我爸瞪了我一眼。我低下头，都不敢看他。

回家以后，很长一段时间，只要我一拿东西，我妈就下意识地说：“当心，别砸了。”以至于我干脆就不动，什么也不碰。

假期结束，我回到学校，却发现手抖得越来越凶了，无论是走路、拿东西，还是放在一边根本不动，手都随时会抖起来。

为了不让别人知道这件事，我什么时候都把手放进口袋里。可是慢慢地，我发现自己的身体在走路时竟然因为手抖而开始往右边歪，走路的时候较着劲地难受。我照了照镜子，发现没事，但在我走路的时候，却还是会斜起来。

我怕极了，怕被别人当怪物嘲笑，也怕自己会因此变成残疾，所以每天晚上熄灯后，我甚至用牙咬着枕巾死死地把手系在一起，还在它发抖的时候玩命地咬下去。

可它还是抖，并且越来越厉害。我不知道这是不是老天爷给我的惩罚。

第一个发现这件事的，是我同宿舍的一个同学。她对我很好，知道了这些事后，便每天晚上都陪我聊天，问我身体的情况。

但有一次我和她聊天的时候，被别人听到了，于是就有越来越多的人注意到这件事情。

不断有人对我指指点点的，弄得我害怕走路害怕碰见别人。

为了少挨骂，我尽量不在爸妈面前走路。我跟我妈说，我想住姑妈家里，因为她那边比我家周围的环境好。谢天谢地，我妈同意了。

姑妈是我最喜欢的亲戚。她对我很好，关心我照顾我，最重要的是她从来都不用特殊的眼神看我，也从不骂我。奇怪的是，到她家没几天，我就发现我的手抖得没那么严重了，走路的姿势也开始正常了。

我开心得不得了，因为我发现，其实我自己是没问题的。只要离开我爸我妈，只要他俩不在我面前，我是能好的！

可是我只住了两个周末，我妈便来接我，要把我带回去。

她真是一天好日子都不愿意多给我。

回家以后，我一直不搭理她，因为我在想，我这样赖谁呢？还不都是赖她！

她对我这种不屑的态度气极了，开始每天寻找新的词汇骂我。我不知道她的神经是不是扭在了一起系了死结，她怎么每天都像失控一样抽疯？

我爸也是，找各种借口数落我，随便抄起什么都能往我肩膀上扔，有易拉罐、筷子，有一次甚至拿钥匙扔过来，砸得我肩膀淤青了一个星期。

其实我挺恨我爸的，从来没关心过我，却在自以为被我出卖的时候拿我撒气，真没出息。有时候我真想告诉他，小三那事儿跟我没关系。可就算我说了，他又会信吗？

我觉得，他俩病得都比我严重。

但是紧接着我就意识到，因为我每天都为她的话烦心，我的手又开始抖了，肩膀也又一次歪了起来。

我想治好，可是我不敢跟她提这件事，她也从不主动提出带我去医院。

那我还能怎么办呢？

好在我很快就为自己找到了新的出口，那就是——泡论坛。

我喜欢看饶雪漫的书，因为在她的书里，我可以看到我自己。

于是我开始在她的“天中论坛”泡着，在那里我的发帖率是第一，跟贴率也是第一。这对于一个在现实生活中从没拿过第一的人来讲，太有成就感了。

我发现上网真好，甭管你是猫是狗，都能装成美女帅哥。

饶雪漫来成都选秀的时候，我去参加了。海选的时候，我一开口，一句话没说，就哭了。其实我也不知道我哭啥，有啥好伤心的，但就是特别委屈，觉得天都要塌了。海选没法进行下去，我还吃掉了饶雪漫中午的工作餐——一个大汉堡。

她和她的工作人员都对我好极了。没有一个人觉得我是怪物，还亲切地叫我："柳丁，柳丁，柳丁！"

所以夏天，饶雪漫在北京举办夏令营的时候，我就跟我妈说："你如果不让我去参加夏令营的话，我就死给你看。"这是这么久以来，我跟我妈说过最有冲击力的话。我妈甩我脸色，我跟她冷战，还找了编辑部的姐姐帮我去跟她说。

不知道是编辑部的姐姐会说话，还是我运气真好，反正我拿到了钱。

就这样，我来到了北京。大家都说，柳丁是个很乖的女孩。

面对这种表扬，习惯了批评的我觉得很不安。

不知道是不是受到了表扬的鼓舞，夏令营时我接受过一次采访，面对着摄像机，我竟然一点都不害怕。我说了很多话，跟背演讲稿一样。

那几天，我把我的故事向不同的人说了好多遍。每次我都会哭，但每次说完之后我都能从他们眼神里流露出的心疼宽容中获取着快感。

被人心疼的滋味真好。

如果说这次夏令营最大的收获是什么，我想说的是，经过了这几天，我才发现，我的经历，连根葱都算不上。

无论是堕胎、嗑药、流浪……哪个故事都比我的精彩一万倍，谁的伤口都比我的深一万倍疼一万倍。

我突然发现，一直以来，我所谓的“不幸福”，都是自找的。

这话真难听，可我也没办法，不得不承认。

她们遇见的事比我多太多了，我突然发现，连我都开始心疼她们。

做心理拓展活动的时候，老师让我们写一封信，把一块不光滑的小石头当做从前的自己。我写着写着，就哭了起来。读的时候，又哭了一遍。身边一个营员走过来拥抱我，她在我耳边轻声说：“柳丁，我们爱你。”

从来没有人跟我说过这样的话。她把头埋在我肩膀上，热热的，我哭得更凶了。这几天突如其来的爱让我突然发现，原来我从来没有真正了解过这个世界。

我对绵竹、对我爸妈的恨，根本就不成立，我自己都不知道以前我到底在纠缠些什么。

雪漫姐说：“真正的世界，远比我们每个人所经受的，残酷得多。”

雪漫姐还说：“只有内心强大，接受一个不完美的自己，才能应对必经的风雨，一往无前。”

这些话我都抄在本子上了，我想我会记住的。

结束了夏令营的那天清晨，我走出屋，蹲在酒店的走廊里抱着我的箱子就开始哭。我舍不得我在这几天里得到的一切，我也舍不得北京，更重要的，是我为自己15年的不幸福感到悲哀。

回到家的时候，我妈没在。我拉开窗帘，坐在电脑前写了一封信，发到了她的QQ邮箱，然后走到浴室，照了照镜子。

我从没想过我会觉得镜子里的自己这么陌生。

不过还好，这一切，都在我15岁的夏天，终于画上了残缺的句号。

附：给妈妈的信

妈：

我回来了。

这是我第一次给你写信，也是我第一次真正想把自己的想法告诉你。你愿意晚点做饭，听我说完吗？

在你下岗的日子里，你说“我每天就只有等死了”。妈，你知道这句话对我的伤害有多大吗？你知道我为了这句话哭过多少次吗？你有没有想过，如果你死了，我该怎么办呢？

你总是说我这不好，那不好，我虽然总和你对着吵，但你相信我，我真的想“好”起来，不再给你添麻烦。我害怕别人歧视的眼光，我害怕我一走路，你便恶狠狠地盯着我。

但你不知道的是，我最怕的，就是在这个世界上，连你都不爱我。

马上就要开学了，高中，是我新的起点。那我们都放下过去的一切，重新开始，好吗？

妈，对不起。

以后我会乖，我发誓。

——柳丁

雪漫记录·面对面

Q 饶雪漫
A 柳　丁

时间：2010年8月10日　　地点：网络QQ

Q 饶雪漫：柳丁，你好。

柳丁：雪漫姐好。

Q 饶雪漫：我现在还记得很清楚，10月在成都进行书模海选的时候，你来参赛，唱了《十八岁的那颗流星》。

柳丁：哎呀，唱得太不好了，紧张得声音都是抖的。

Q 饶雪漫：我发现只要别人注意你你就会紧张。

柳丁：有吗？也许吧，要是人太多，我就会想打个洞钻地下去。这算胆子小么？

Q 饶雪漫：但你在网上聊天好像什么都能说。

柳丁：嗯，我只有在网上才比较敢说一点。

Q 饶雪漫：现实中你看起来很乖，甚至说，比较平凡。

柳丁：我觉得是环境让我变成这样，我很无奈我现在的环境，无力改变。

Q 饶雪漫：这听起来像个借口，其实你跟我讲你的故事的时候，我就发现你有推卸责任的倾向。

柳丁：……

Q 饶雪漫：方悄悄跟我说过一句话，她说你就是不懂如何和自己和平共处，你觉得呢？

柳丁：嗯，我知道我心里一直有两个自己，他们斗得挺厉害。

Q 饶雪漫：就像是自己跟自己较劲？

柳丁：嗯。

Q 饶雪漫：尖锐一点，我觉得你走路时肩膀会倾斜这件事，其实也是你自己跟自己较劲，属于心理问题。

柳丁：我其实也尝试过改变，但就是克服不了。

Q 饶雪漫：是因为打心底你就没能解决根本的问题。在夏令营的时候，我知道你在逃避很多话题，但同时又在用自己的这些故事作为交换，让编辑陪着你，对吧？

柳丁：对……（眼眶红起来）

Q 饶雪漫：你是不是觉得自己是不幸的？或者说你觉得你的故事成为你和别人的谈资？

柳丁：Kana姐姐其实为这件事专门和我聊过。我知道我不该利用别人的关心。对不起。

Q 饶雪漫：不是要你道歉，只是别人都

害怕提及自己的痛处，你难道就不怕吗？

柳丁：也怕。所以每次讲，每次都会哭。

Q 饶雪漫：夏令营很多活动中你都哭得最厉害。你觉得这次来北京，感触最大的是什么？

柳丁：我因为这次明白，只有自己想要走出去，才可能打破现在的局面。小暖和我说“世界上永远有比自己不幸的人，所以千万别放大自己的伤口”，还有悄悄告诉我“谢谢你把我当成边走边谈的好朋友”。夏令营的这一切，我都不会忘记的。

Q 饶雪漫：但我跟你说一个实话，其实你在夏令营里人缘并不好。

柳丁：我知道。

Q 饶雪漫：你有分析过原因吗？

柳丁：没有想过。

Q 饶雪漫：我问过一些人，他们给出的原因是觉得你不诚恳，还有点自以为是。也有更不客气的说法，说你有点做作。

柳丁：其实我不是这样的人。

Q 饶雪漫：但却给人这样的印象，我知道，你是因为对自己不自信，所以才用这些方式把不自信掩盖起来，但这样反倒容易让别人讨厌你。

柳丁：雪漫姐我知道了……你别再说了……

Q 饶雪漫：所以，要试着打开自己。

柳丁：嗯。

Q 饶雪漫：你有没有想过去和爸爸妈妈试着沟通呢？比如你看我的书，会不会和他们聊？

柳丁：曾经也想讲给他们听，但我妈会说要做家务，没空听。这次夏令营回来后我给我妈写了封信。

Q 饶雪漫：你妈妈看了之后有和你说什么吗？

柳丁：她就走到我房间，说已经看过了。然后那天我们聊了很久，她拼命道歉，我们都哭了。

Q 饶雪漫：你对未来有什么打算？

柳丁：高考争取考到北京，然后彻底离开现在的生活。

雪漫记录•印象

我第一次见到柳丁的时候，她独自一个人坐了很久的车从绵竹到成都参加活动。她看了很多我的书。当这个瘦弱文静的女孩子站在海选现场唱《十八岁的那颗流星》时，微微跑调的嗓音传递给我满满的感动。

我一直觉得四川姑娘身上有一种不灭的坚强，比如我《离歌》里的马卓，还有面前的柳丁。

说到地震的事情，只一提，她便哭了。这个小女孩就像身体里装满了眼泪，轻轻一碰，伤心就洒得遍地都是。故事里的她，好像因为经历过死亡而对“5·12”大地震露出些许异常的冷漠，但回忆起那天她的眼泪，还是明白她最真实的脆弱，以及佯装出来的逞强。

后来我才了解到，她有这么多的故事。

当我的《离歌Ⅲ》上市后，我去成都的一家书店和别人谈事情时，我找到柳丁，问她要不要来找我。我按照约定的时间到了书店，发现她已经在那里等了足足三个小时。我把事情办完后，挑了两本书，问她有没有喜欢的，她看着我，摇了摇头。但后来我发现，在我转身去结账的时候，她偷偷地从架子上拿了一本书，跑到远处去结账。

就是这样一个习惯小心翼翼不给别人添麻烦的女孩，却敏感细腻地给自己添加了很多的痛苦。她不快乐的神情，让你有点心疼，又有点生气。

今年她来夏令营的时候，我们每个人都还是很喜欢她。在还认不全其他营员的时候，几乎所有编辑和作者都轮流到她房间去看过她了。她坐在那里会柔弱地对你笑，头发又直又黑，让你怎么都无法和故事里伤痕遍身的女生结合在一起。

不过这好像是每个有故事女孩的特点，都成功地藏起了自己的伤痛。而这，也是她们的可爱之处，因为她们还一直愿意剔除身上的刺，愿意相信别人，愿意被别人相信。

其实在柳丁的身上，并没有太多轰轰烈烈的故事，但是她的内心很柔软，她所面对的事情也会让这个世界上的很多女孩产生共鸣。

柳丁很需要爱，这点从她的故事里就可以看出。正因为受到过伤害，而又怎么都无法摆脱和解决这种困境，所以才无助和绝望地把自己变得柔软，去靠近每个人，在乎每个人。

户外拓展活动的时候，我们本来安排她和一个工作人员搭伴走钢索，但是被那位工作人员小心翼翼地拒绝了。其实后来包括柳丁自己都知道，是因为那位工作人员身体不舒服的缘故，可说起这件事的时候，她还是哭了，仰起头不让泪水掉下来，后来还无法控制地用枕头压住自己的脸。她是那么敏感脆弱，但很快她擦擦眼泪又露出不好意思的笑脸。

其实柳丁在网上是和大家都聊得非常high的，甚至一些“禁忌话题”她也不亦乐乎地冲口而出。夏令营中哭得最凶的是她，笑得最开心的也是她。我知道，这种极大的反差往往都是对自己的一种保护。越想要展现的，越渴望拥有的，其实越是自己内心匮乏的。

夏令营的时候，韩小暖是她的跟营编辑。带她爬长城的时候，她兴致勃勃地说：“我也想爬第一。”小暖看着她额头上的汗问她：“要不要休息？”她摇摇头，从包里掏出一瓶水问小暖：“你喝点水吧？”她总是偷偷地观察每个人，希望别人主动靠近她，希望能有一个人不离不弃地守着她，把她放在第一位。

其实我们都觉得，她的爸爸妈妈比谁都爱她，只是家庭因素一直都是很大程度上给孩子们造成成长负能量的原因。或者说，正是因为这种我们谁也无法改变的背景顽固存在着，才让她们觉得无奈，甚至绝望。

随行的《嘉人》记者张莹莹和我说，这些营员里，她最喜欢的是柳丁，因为柳丁的世界一直都是对外开放的，她对外界有兴趣。

我们都相信，只要用力成长，就一定能抵达想去的远方。柳丁很聪明，也乖巧，我知道，现在这些坎儿她都一定能迈过去，而她的未来也会平坦和光明。

别问我为什么，我就是知道。

后来……

在进入新学校前，柳丁在QQ群里和每个人告别，还给我留言“三年后北京见”。

短短的一个夏令营也许没有治好她身体上的所有问题，但却让她爱上了北京这座城市。她说这个城市很忙碌，很充实，是她喜欢的样子。我其实一直有句话没对她说出来，那就是我在她身上看到了自己的影子，不只是我们都来自四川，更重要的是我在她身上看到我那时的倔强、坚强，这也是我为什么要写马卓，为什么要写《离歌》的原因。

所以柳丁，勇敢地对15岁说再见吧，因为你一定会有更加精彩的16岁、17岁……

王卫民：北京师范大学教育培训中心心理咨询中心咨询师
夏令营跟营心理辅导员

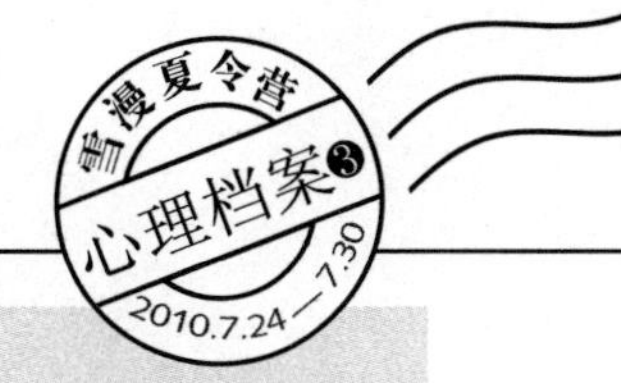

学会拒绝别人的情绪

柳丁经历过汶川大地震，但是从她在夏令营的表现来看，那次灾难，并没有带给她太大的精神创伤。对于短暂而剧烈的外界伤害，有些孩子的恢复能力是惊人的。如果将柳丁走路歪斜的习惯、对自我的抗拒都归结为地震遗留的心理创伤，对任何人来说都最方便、最容易接受，甚至偶尔柳丁自己也会对外界这么讲述，但这并不是问题的真正所在。

其实，柳丁成长中遇到的最大问题，是在于她有一对情绪不稳定、不关注孩子情绪的父母。某种程度上，他们给了柳丁最多、最持久的心理压力和负面情绪。从成长心理的角度来说，一方面情绪不稳定的家长，会使孩子成长的土壤“盐碱化”；另一方面，孩子往往不自觉地接受了父母有意无意传递给她的坏情绪、消极感受。而这时她自己的年龄、心理素质还不足以消除和代谢掉父母施加的心理阴影，这便成为了她日后不断折磨自己、拒绝生活的原因。

所以，柳丁现阶段最需要的是学会拒绝别人传递给自己的情绪。这意味着：别人带给我什么样的情绪，我可以有权选择拒绝接受。由被动地接受转变为主动地选择，这是一个在心理层面保护自己的方式。在父母对于自己的理解、与父母交流的方式，甚至父母的性格不能发生改变时，每一个孩子都需要学会先在情绪上独立于父母。因为情绪往往是一个人犯错的逻辑起点，是人做出盲目选择的起点。而成长的一个显著标志就是：学会控制自己的情绪，不为情绪所左右。

I WANT
YOU
LOVE ME
我要你
爱我

女生档案

姓名：阿九
城市：大庆
年龄：21岁
星座：狮子座
成长关键词：没头发，勾引，暧昧
个性签名：谁把谁真的当真

女生自白书

我的故事要从我的家庭说起。

我所在的城市有着全国闻名的大油田，那时候我妈妈高中毕业没几年，为了养活一大家子人，放弃读大学，进了我们那儿的油田工作，后来经过家里人的介绍认识了爸爸。据妈妈说，那时候她觉得两家父辈关系一直不错，而且爸爸这人虽然脾气比较暴，但为人挺耿直讲义气，就答应了和他结婚。

结婚之前妈妈唯一的疑问是爸爸的头发，因为爸爸那时候虽然不到30岁，但头上已经光秃秃的。爷爷向妈妈解释说那是因为小时候爸爸生病，高烧不退，病好后，头发就掉光了，再也没长出来，并不影响下一代。

妈妈相信了爷爷的解释，一个月以后，她跟着爸爸去民政局领了结婚证。

结婚之前妈妈其实就已经听到街坊流传的闲言碎语，说爷爷和婶婶有一腿，只是那时候妈妈并没有太在意，因为爷爷平时看起来挺正经，最大的爱好无非是到楼下和几个老头来一局象棋。

直到有一天爷爷找到妈妈，提出要和她上床，我妈当时就傻了，要知道那时候她和爸爸结婚还不到一个月的时间。

妈妈很坚决地拒绝了爷爷。

爷爷表情奇怪地对她说：“你要是不跟我，你以后可别后悔。”

当天晚上妈妈就把这个事情告诉了爸爸，她以为爸爸会去跟爷爷拼命，但爸爸居然选择了屈辱的沉默。

我出生的那一天，当爷爷来到医院的时候，对妈妈说的第一句话是：“快看看这孩子有没有头发。”

看着我光秃秃的脑袋，妈妈明白了一切。

是的，我是个女生，但我生下来就没有头发。

这并不是我的错，这是遗传，这也是我妈一生中最大的痛。她觉得她是被骗进家门的，我爷爷，我爸爸，根本就是垃圾。

其实在不知道真相之前，妈妈也过得并不幸福，爷爷将她当奴隶使唤，爸爸喜欢在外面乱搞，甚至把别的女人带进家门，妈妈忍气吞声，因为那时候妈妈年纪轻，人傻，他们说什么她便听什么。直到生下我之后，她终于醒悟过来，立即提出了离婚，于是在我出生仅四个月的时候，爸爸妈妈便签了离婚协议，但是因为没房子，他们还住在一起，只是不同床。

在父母矛盾最为激化的那段时间里，我从一岁长到五岁，后来妈妈提出要去考大学，也许是自己也觉得对不起妈妈，爸爸支持了她的决定，并且负担了妈妈念大学的学费。

没有人照顾，我被送到乡下的姥姥家。妈妈考上一所医科大学，每年只能回来两次，爸爸也只是偶尔才过来看我，在姥姥家我度过了难得的一段轻松自由的生活。姥姥每天都会下田种地，我在脑袋上顶着大荷叶跟着姥姥，在太阳下四处溜达。

那时候我已经懂事了，知道自己的家庭跟别人的不一样。我也学会了在沉默里保持沉默，以沉默对抗这个世界所有的不快乐。

爸爸妈妈彻底分家后，我跟了爸爸，因为爸爸家的经济状况更好。

上小学时，爸爸给我买了一顶假发，是化学纤维的，看上去特别粗糙，一到夏天假发更是贴在头皮上，全是汗。但那时的我对没有头发这个事情还没有多在意。我喜欢学校，因为比起压抑的家里，学校要自由得多。放学之后同学的家长都会来接他们，爸爸工作很忙，我从小就一个人回家。我反倒喜欢这样，因为这样我就可以在学校多挨一会儿，挨到不能挨了再往家走。

在学校里我结交了不少朋友，跟我最铁的是一个娃娃头的女生，从小学一年级我们就坐同桌，她话多，性格活泼开朗，恰好和我比较内向的性格互补。

我决定将我头发的秘密告诉她，有一天下课，我把她叫到厕所里，在她面前将假发摘了下来，那是我在懂事之后第一次在其他人面前取下假发。她惊呆了，看着我像看一个怪物，然后一句话也没说就跑出了厕所。

后来她就不怎么理我了，再后来一进校门我便发现同学们都有意避开我，老师轮番把同学叫到办公室谈话，只是一直没有叫我。

一天在下午放学回家我走出校门的时候，清清楚楚地听到有家长说：“她就是那个没有头发的小孩儿。”

我这才知道我的好朋友把这个秘密告诉了所有人，而老师的轮番谈话其实是叫同学们不要和我接触，说我没有头发是一种传染病。

其实不理我还不是最可怕的事，最可怕的是那些男生因此戏弄我，或者刺激我。有次体育课，一个男生用棍棒挑下我的假发，满操场飞奔。我哭着求他还给我，同学们没有一个人帮我，我只能蹲在操场边哭泣。直到他们玩够了，把那顶假发像扔垃圾一样地扔回我怀里。我顶着它走在放学的路上，第一次想到了死。

我走到河边，却没有勇气跳下去。

我天生就是一个懦弱的人，活该。

但那以后，我开始讨厌学校了，我终于意识到没有头发是那个家庭带给我的最大的困扰，我恨我爸爸，但我更讨厌那些羞辱我的同学。想到我每天的生活无非是从一个讨厌的地方到另一个讨厌的地方，我心里充满了绝望。

有一年冬天，我们那个城市下了一场雪，下课之后大家都走出教室看雪景，因为没有朋友，我便一个人呆在走廊上看雪。预备铃响后，我急匆匆地往教室方向走，路过一群男生的时候，突然感觉脚被人绊了一下，接着身体便失去平衡重重地摔倒在被同学们踩脏的雪地上。

四周响起像要掀翻屋顶般的哄笑声。

我看到假发从头上掉了下来，落在前面不远的地方。

没有一个人过来扶我，在所有人的笑声中，我一个人撑起身子，捡起地上的假发，重新戴回头上，然后飞快地走进了教室。

“尼姑。”教室门口的男生大声地笑着叫我。

当我回到位置上坐好的时候，眼泪终于忍不住簌簌流下来。我把头埋进手臂里，不出声地流泪。膝盖上的雪还没来得及拍掉，寒冷从毛裤渗进来，慢慢爬满全身。

升入中学以后，妈妈被招进市里的医院当医生，我从爸爸那里搬到了妈妈家。

那段时间，妈妈把所有的精力都倾注在我身上。除了当医生，妈妈还开始做一笔生意，家里有了不少积蓄。妈妈把我送去学钢琴和绘画。我知道她的想法，她想让我变成一个有文化有品位的人，这样我才不会像她过去那样，被爸爸那样的烂人所蒙蔽。

妈妈向我灌输最多的就是：爸爸是个烂人，他们家全是变态。

那时候妈妈的脾气已经变得格外暴躁，只要我学习不太认真，她便会往死里打我。她太想让我成才了，虽然很反感妈妈实施的暴力政策，但我还是更喜欢和妈妈生活在一起，至少妈妈把心都扑在我的身上，这是我以前从来没有享受过的待遇。

可惜这种被关注的日子我只享受了不到一年，另一个男人出现了，他一下子就转移了妈妈所有的注意力。

他们是在商场认识的，那个男人做化妆品推销，巧舌如簧，竟然要到了妈妈的电话号码。不久之后他就搬了进来，和我们生活在一起。

我叫他爸爸，现在回想起来，我实在不知道这个曾被我叫作爸爸的人究竟有什么能耐，竟然能让妈妈对他那么死心塌地。

因为他实在是比我爸爸还要烂十倍的烂人。

我发育得比同龄人早，当我上初中的时候，我的身高就已经蹿到了1米6，胸部也开始隆起。初二的时候，我的身体就发育得和现在差不多了，从那时候那个男人开始对我不怀好意。

一开始还只是语言上，当看电视的时候，只要有男女亲热的镜头，他就会朝着我说“他们在做爱呢”；到后来如果我在屋子里穿着裙子，他会带着恶心的笑容叫我做个压腿给他看；最过分的是他有时候手会突然滑上我肩膀，嘴里说着“这么热，干脆把衣服脱下来吧”。他长着一副典型色狼的样子，油油的头发好像永远也洗不干净，令人无比恶心。

虽然看上去我很镇定，但其实怕得要死，总害怕他趁妈妈不在家对我做出什么非分的事情来，每天晚上我都会锁好房门，并且小心地把门锁好。好几次我都感觉他就在门外站着，我躲在被子里，连大气也不敢出一口。

一次学校组织演出，我被选中上台弹钢琴。在家里练习的时候，我突然感觉到身体被碰了一下，我转过头，那个男人正一脸淫笑地看着我。

“没事，你继续练。”男人说。

我懒得理他，便回过头继续练习，没想到刚弹一小段，自己的敏感部位又被他用手狠狠地点了一下。“我这是为了帮你锻炼注意力。”那个男人竟然恬不知耻地说出这样的话。

这并不是最过分的一次，有一天我实在太累，忘记锁房门，便倒在床上迷迷糊糊地睡着了。不知道睡了多久，突然感觉脸上有一股热气，当我睁开眼睛，那个男人正凑上来，差一点就要亲上我了。

当时心跳快得都要蹦出胸口了，但我还是强装镇定地问他：“你要干吗？”

男人灰溜溜地出去了。等他走后我才后怕得要死，第一件事情就是窜到门边把门死命锁好，然后握着门把，突然间像失去了所有力气一般瘫软在地上。

继父也许是不满我一直不接受他的勾引，开始挑拨我和妈妈之间的关系。他有一张颠倒是非的嘴，最擅长把黑的说成白的，把小事情夸张得很大。

因此，我会因为撕卫生纸的方式不对或者在饭桌上不小心摔碎勺子被妈妈暴打。每当我被妈妈打的时候，他总是抄着手站在一边，不但不劝止，还会说些阴阳怪气的话火上浇油。

有一次妈妈的香水被他用完了，他直接赖在我的头上，妈妈用一个很厚的铁文具盒打我的手，硬是把文具盒打成平平的一块铁板子。

我不知道妈妈为什么如此信任他，曾经我获得了她的所有关注，现在却被这样一个烂人轻易地夺走了。

那我就向别人索取温暖吧。

就这样，我开始逃课、泡吧、上网、勾引各种男生。

反正妈妈做生意挺成功，我也有了潇洒的资本。泡吧期间我认识了一帮朋友，他们都是家长眼中的坏孩子，但和他们相处让我觉得安心，而且从此在学校里没有人敢再说我半句。

有段时间网上流行过一句话：寂寞是一个人的狂欢，狂欢是一群人的寂寞。但我宁愿一群人一起寂寞，也不愿意一个人呆着，就算用酒精麻醉自己，也比一个人陷入痛苦的记忆好得多。

我开始整夜泡在夜店里，我才不想回家面对那个恶心的男人。我有了一个新的外号——妖精，因为朋友们都说我的眼睛既无辜又有点野性的妩媚，尤其是涂完眼影和画好眼线之后，绝对能够迷倒一堆男人。来夜店的人大多各有所求，在昏暗的环境里，没有人会在意你的头发是假发还是真发，反正这里什么都可能是假的。

慢慢地，在我身边开始围绕着许许多多的男生，他们最常做的事情就是约我一起开房，但我总会找借口拒绝。

男生总是很贱的，他们不会在乎真正得到手的东西。保持距离，他们反倒会更加对你死心塌地。

而我要的只是在难过、悲伤、孤独的时候，有个人愿意舍弃自己的时间来陪我罢了。

有一天在网吧，QQ上突然弹出一个视频窗口。这个QQ号很早就加了我，但一直没说过几次话。反正闲着没事我就点了接受，窗口里很快出现一个男生的脸。

老实说这个男生长得挺帅的，五官看上去很像吴尊，不过当时我并没有什么特别的想法，完全是闲着无聊，便有一搭没一搭地和他聊了起来。

后来一起来的姐妹说要去酒吧，我跟他说了拜拜正要下线，他突然问我"明天有没有时间"，他想见我。我说明天正好学校要排练团体操，他说："没事，那我明天过来找你。"于是，我给了他地址。

在排练的时候，我就已经看到那个男生倚在礼堂的门口。但排练结束后，我故意挨了一会儿，才朝他走过去。在走向他的时候，男生的眼睛一直盯着我，不知怎地我心里竟然有些开心。

"你们校服真丑。"男生开口竟然是这么一句话。

"去死！"

"不过你穿着挺好看。"男生笑着说。我脸一下子红了，男生接着问我："你有男朋友么？"

"没有，干吗？"我没好气地回答。

“做我女朋友。”男生直勾勾地盯着我。

我脑袋懵了一下，虽然这不是第一次听到这样的话，但以前都是在夜店、酒吧，在那里，我告诉自己不能把任何事情任何话语当真，而现在我们是在学校的礼堂，我身上还穿着校服。

我支支吾吾了半天没有回答。

“到底答不答应？”男生好像是等得太久有些不耐烦了，“你们学校真讨厌，不许人抽烟，我憋很久了。”

于是，在男生想要快点结束表白出去抽烟的催促下，我开始了第一段恋爱。

现在回想起来，我很后悔把宝贵的初恋给了这么一个人。

我们在一起还不到两个月，而我们两个人在一起的时间加起来，更是不超过48小时。

——我被人骚扰心情不好时，他只顾着玩游戏。

——我生病了要他陪时，他说有事。

——七夕陪我不到40分钟便说有事，自己先走了。

有一次放学回家，我在校门口被一个女生截住问我是不是阿九，我点了点头，她马上劈面给了我一个耳光。

我被这个莫名其妙的耳光打得一下子倒在地上。她一边踢我一边骂我贱人，骂我抢了她的男朋友。

围观的人越来越多，我只是死死抱住我的假发，不让它掉下去。只要我还戴着假发，这样的目光我还能忍受。

等她走后，我从地上爬起来，飞快地冲出人群，一直跑到再也看不到人的地方，才缓缓蹲到路边，掏出手机给男朋友打电话。

电话还没通，我已经哭了起来。

在知道这个事情之后，他只是说："下次自己小心。"

他大我五岁，但从来没有真正照顾过我。我曾经也像许多初恋傻傻的女生一样，缠着问他爱不爱我，他每次都会回答他爱我，但在我提出分手的时候，他连丝毫的挽留都没有。

分手那天晚上，我约了几个朋友去夜店，想把自己灌醉。但刚喝了没几杯，我就悲哀地发现，其实这段感情根本没有恋爱的感觉，所以不管我怎么努力，我都没办法表现得像失恋了那样悲伤。我躺在沙发上，突然笑出声来，初恋分手后带给我的原来不是心痛，而是深深的寂寞，我甚至还为这段不算恋爱的恋爱挨了一次打，想起来真是让人觉得荒唐。

好像是和我约好似的，这时候妈妈的那个男人也抛弃她走掉了，还骗走妈妈所有的钱，只留下一句"10年之内我肯定会娶你"作为纪念，随时提醒着妈妈又被男人骗了一次。

妈妈报了案，但那个男人根本找不到了，她只能宣布生意破产。她已经无力养活我，只得亲手将我送回那个被她称作"全是变态"的家庭。爸爸负责油田的运输，虽然不会多么富裕，但至少能保证基本生活。

从妈妈家搬走的时候，妈妈突然抱着我，哭了很久。

我从来也不相信跟着爸爸会有安稳的生活，但我只是一个球，被踢来踢去，早就习惯了。

我回到我爸那里的时候我爸正准备结婚，他原本和那个女人交往了很久，但提到结婚的时候，那个女人的妈妈却开始嫌弃爸爸家房子太小。一向好装大的爸爸一气之下借高利贷买了一套120平米的房子。原本还算宽裕的生活一下子被打破了，为了每个月还6000块的高利贷，爸爸开始没日没夜地工作、炒股票，每天还要去买几注彩票。而我因为之前过惯了虚荣的生活，不喜欢读书，成绩一落千丈，便申请了休学，报了个韩语班一边学习一边在一家化妆店打工养家。

刚开始打工的日子很苦。爸爸给我找的后妈又十分刻薄，我每天起早贪黑，回到家还得看后妈的脸色，心里空荡荡的感觉越来越严重，只能通过食物来填补，等我发现的时候，我的体重已经飞涨了20多斤。

这样的自己，更难得到别人的爱了吧。想到这些，我绝望得想要自杀。

我就是在这个时候遇到他的，遇到我的第二段恋爱，或者说，第一段真正的恋爱。

他是一名韩国人，和我的韩语老师是朋友。

在会话课上，他总是被邀请来与学生会话。他的长相是典型的韩国偶像剧明星的样子，脸永远干干净净的，衣服都属于修身款，头发被精心打理过。

一开始是我刻意接近他，到后来他似乎注意到我对他的兴趣，便也有意和我靠拢了。在上了三次课以后，我们开始第一次约会。

我们在一家韩式烧烤店约会，他很细心地教我怎么调料才好吃，然后把烤好的东西夹到我的碟子里。从那个时候起，我就深深地迷恋上了他。

不久之后，我们开始交往。交往没多久，他在韩国的父亲就去世了，他继承了家里不菲的家产，成为了一个富二代。虽然很有钱，但他从来不会给我高高在上的感觉，他为人温柔细心，一直努力地想要好好照顾我。

我断断续续地跟他讲我的经历，开始我隐瞒了自己没有头发这个事实，我害怕他知道后会嫌弃我。在知道我的经历之后，他对我说不想再让我受苦，他要给我一个家。

听他笨拙地用汉语发出“家”这个音节的时候，我不争气地哭了起来，其实我一直都没有体会过真正的家的温暖，我一直不知道生活在一个完整幸福的家里，究竟是怎样的感受。

他花了一笔钱，买了一套房子。这套房子很小，但很温暖。他细心地在房间的墙上贴上了粉色的墙纸，还买了些盆栽放在窗台上。最重要的，房间里摆着一台钢琴。看着我惊讶的表情，他宠溺地摸了摸我的头，说：“以后只要你弹琴给我听就好。”

听到这句话，我眼泪一下子就下来了，虽然刚才他手掌接触到我的假发时我还有些不习惯，但现在我仿佛真的接收到了他手心里传来的温暖。

我想我从未这样幸福过。

他真正地履行了自己的诺言，一有时间便会陪在我的身边。我从化妆店下了班回来，他会陪着我一起在家里看电视。如果电视里放不太好的节目，他会皱着眉换台，他说他要为我屏蔽那些脏的丑恶的东西，一直保护我。

有一天我突然发了高烧，恰好他回韩国处理一些事情。接到我的电话之后，他用最快的速度把事情办好后，立刻买了从韩国到上海的机票，从上海再转机到哈尔滨，然后马不停蹄地坐火车赶到我的身边。我明白他是真的在乎我，只要有他在身边，我便是笑着的。

但也许是太依赖他，每当他不在身边的时候，心里那种空荡荡的感觉便会更加严重，而他又经常中国、韩国两地飞，有时候碰上什么要紧的事情，在韩国一待就是一个月。没有他在身边的日子里，我又开始和以前那些朋友去夜店。我想我可能是得了什么病，一种没有人在身边便会心慌意乱的病，我需要每时每刻都有人来关心我。在夜店里，我又开始上演过去那一套，周旋在男人中间，和许多男人保持暧昧，不跟他们确定也不让他们放手，好像这样心里就会得到某种补偿，感觉好受很多。

我们相处了快一年，后来我发现他在我面前总有些不自然，好像有事想跟我讲，但又说不出口。

终于有一天，他吞吞吐吐了半天，对我说："我有事情想跟你商量。"

"怎么了？"虽然心里早已有了准备，但看着他严肃的表情不免还是紧张起来。

他用不太标准的中文讲述了整个事情。上高中的时候他和一个女生发生了关系，女生怀了孕，把孩子生了下来。现在女生找到他，要他做孩子的爸爸，给他们母子一个家。

他讲的过程中，表情变得越来越痛苦，讲完后，他低下头不敢看我，但我知道他在等待我的回答。

其实他已经有答案了吧，他要的不过是我接受而已。

事到如今，我知趣地提出了分手，其实不是没有想过挽留他，但想到那个女生的孩子——我自己原本就有一个不幸的家庭，我不想成为另一个不幸家庭的制造者。

我从他家搬出来的时候，已经不记得这是我第几次搬家了。临走时，他说要把家里的钢琴送给我，我笑着拒绝了。我最后看了一眼那台钢琴，其实，多么希望能为他再弹一首曲子，哪怕一首就好。

最后，我把他送给我的那枚戒指压在了钢琴的琴键盖下。

我又搬回了爸爸家。我越来越像这个家里的一个租户，每天早上很早便出门上班，晚上很晚才回家。有时候和家里人几天都见不着一面，更别说坐下来一起吃顿饭了。

我拼命地工作来麻木自己，每天弦都绷得紧紧的，只是为了避免想到他的时候一个人掉泪。

但弦绷得太紧，总有一天会断掉。终于有一天，我完全崩溃了。

我把家里的双氧水灌进肚子里，然后翻出家里所有的药，不管是治疗什么的全部找出来吞了下去。吃完药我似乎变得更加歇斯底里，我发疯似的把家里所有的盘子和碗都往地上摔，然后脱了鞋踩上去，满地是血。我找出一块碎片想要割腕，因为没有力气了，没有割到动脉，但血源源不断地从手腕滴落下来。

等我醒过来的时候，已经躺在医院里，全身无力，感觉很快就要挂了。

第一眼看到的是爸爸焦急的脸，我从来没有见过他急成这个样子，那个时候我带着一点恨意地想："你还是在乎我的吧。不管怎么说，我始终还是你生出来的女儿。"

然后是洗胃、住院、调养，爸爸每天下班之后都会来医院看我。他是个粗人，不会表达，说的话经常很气人，但他这一次没有问我为什么自杀，只是无微不至地关心我。

但等我身体恢复了一些，爸爸便又起早贪黑赚钱了，见不到踪影。

不过这一段还是成为我和爸爸最亲密的一段时间，我意识到他虽然给了我这辈子最大的困扰，但他也很想我好好的。

出院后，我去割了一个双眼皮，不知道为什么就突然想这样，朋友们都说我割了双眼皮之后看上去再也野性不起来了，眼神里只剩下无辜。

住院的时候，那个韩国男生来医院看过我几次，还说想和我复合，但都被我拒绝了。

我终于意识到依赖任何人都不会有什么结果。路还很长，我只想一个人坚强地走下去。只是，如果你认识我，别笑我没头发，因为我真的会很介意。

雪漫记录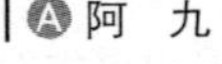面对面

Q 饶雪漫
A 阿 九

时间：2010年7月25日　　地点：夏令营营地——北京鸟岛

Q 饶雪漫：阿九，这已经不是我们第一次聊天了。
阿九：哈哈，嗯。雪漫姐好。

Q 饶雪漫：我们这次聊一下你的感情吧，你现在有男朋友吗？
阿九：有。他叫左左，和我同年同月同日生。

Q 饶雪漫：啊？这么巧么？
阿九：巧的不止这个，我和他，可以说很有缘分。

Q 饶雪漫：比如说呢？
阿九：比如说我们虽然在不同的地方做着不同的事情，但经常一起受伤，连受伤的位置都是一样的；还有我们坐公交车的时候，虽然上车的地点不同，而且路线也不一样，但总能在同一辆公交车上相遇。

Q 饶雪漫：你觉得这个人是你“命中注定”的那个吗？
阿九：我想不是。

Q 饶雪漫：为什么呢？
阿九：其实我和他关系不是很好，他心眼儿小、酸里酸气的，虽然和他在一起有比较甜蜜的感觉，但总觉得还差点什么。最让我受不了的是他空间里现在还有前任女友的照片和写给他的日记，邮箱里保存着他们往来的邮件，但他骗我说他们没有任何联络。

Q 饶雪漫：你受不了他和以前的女朋友藕断丝连？
阿九：非常受不了！

Q 饶雪漫：但也许他们只是普通的联系呢？
阿九：那也不行。何况他还骗我，这会让我觉得自己像个白痴。如果他们还继续联系，我肯定会和他提出分手。

Q 饶雪漫：有句话你可能不爱听，你以前也骗过那个韩国男生，为什么对自己和对别人是双重标准呢？
阿九：其实……我也觉得那时候做得不好，但我也不知道为什么会做出那种事情。我现在再也不会那样了。

Q 饶雪漫：那个韩国男生，你爱他么？
阿九：我依赖他，但可能谈不上爱，其实这段感情让我有点害怕。

Q 饶雪漫：怕什么？
阿九：他对我太好了，以前从来没有人对我那么好过，我觉得很有压力，怕让他失望。

饶雪漫：你交往过多少男生？
阿九：（沉默一阵）20多个吧。

饶雪漫：怎么会这么多？都是和你真正谈过恋爱的？
阿九：如果是真正谈恋爱的，应该就3个吧。

饶雪漫：那其他的人都是……
阿九：嗯……有段时间我身边要是没有人来爱我我就难受，我要每时每刻都有人来关心自己。

饶雪漫：即使他们也许就是想和你上床？
阿九：我有自己的底线，我始终还会和他们保持一定距离的。离近了我就会变成刺猬。

饶雪漫：你觉得自己擅长处理和男生的关系么？
阿九：不擅长的。因为我只想有人爱我，不是为了别的，所以我在这方面是半成品。

饶雪漫：那你现在更期望完全信任一段感情，还是只是撷取他们对你的关心？
阿九：现在的想法是希望拥有完全信任的一段感情。其实每一段感情开始的时候，我都认真地想和对方走到底的，但好像对方总是不够配合，包括现在这位。我也不知道为什么，我不喜欢这样。

饶雪漫：有没有想过可能是自己的问题？
阿九：想过啊，也许是我对感情要求太高了，而且我继承了我妈妈的脾气，有时候性子会很急，对对方要求高。

饶雪漫：为什么要求这么高呢？
阿九：因为我一直没有安全感，没有拥有一份完完全全属于自己的感情。我渴望拥有的，可能还不只是爱情，更多的是父母的疼爱，家庭的温暖。

饶雪漫：祝你通过自己的努力找到。
阿九：我会加油的。

雪漫记录·印象

其实，和阿九交谈并没有想象的轻松。

她总是习惯地用细小的声音说话，很轻很飘，稍不注意就会听错。

她是那种你一眼看过去，就会看到笑容的女孩。她笑起来很甜，声音却微弱，像一株一碰就会散的蒲公英，让你觉得即使对她大声说话，都很罪过。

可是在夏令营的活动里，我却看到了一个不一样的她。

做游戏输了，接受惩罚的时候，她站在大家围成的圆圈中扭着屁股跳“三只小熊”，还因为有人提出要求而不厌其烦地重新唱了一次；

她比一般女孩要高，所以在玩“月球行走”的时候，她主动站在最前面，充当指挥者与调度者的角色。

看得出来，她极渴望被人喜欢，甚至会为此而刻意地讨好你。

在QQ上，有一次她敲我，发来一张她画的画。她一直追问好不好看，当我说出“好看，我很喜欢”的时候，她立刻发来一个大笑脸，像早就准备好的那样，可见她是多么希望被认可。

我知道她头发的事情，但直到一个编辑告诉我，她无意中发现阿九连洗澡的时候都不摘假发时，我才发现，任何时刻，阿九都忘不掉自己的痛，都会想尽办法保护自己，不遭受别人异样的眼光。

其实我们一直都尽量避免和她提及头发的话题，因为阿九曾经跟我说过，没有头发，是她最大的困扰。

我非常理解，因为外表上一眼可见的缺陷，往往会影响别人对你的印象。这种境况很无奈，却也很现实。

起初在夏令营里，编辑们都觉得阿九很虚弱，甚至有一种为了得到怜悯而微微夸大的虚弱。

早就接受并适应这个社会残酷现实的我们都知道，并不会有人因为这个，就对你加倍宽容。所以当她微微眯起眼睛，用几乎听不见的声音请求帮忙的时候，下意识地，编辑们鼓励她应该学会坚强，学会不依赖别人而独立起来。

在接受我们采访的时候，面对摄像机，阿九让我们看到了她的另一面。那天我和编辑们基本上都没有提问，她一个人对着摄像机在那里讲自己的经历，从出生说到第一次恋爱，再从男朋友讲到夏令营。

她像在讲别人的故事一样平和，几乎没有太多语气。可正是因此，我突然看到了她内心深处隐藏的一股力量，那种用自己微弱的力量对抗世界的决心。

登长城的那一天，阿九刚到长城便询问米果什么时候能够返回到市里，米果觉得很奇怪，便问她有什么事，阿九没有回答，只是一个人走开拿起手机打电话。

后来是其他营员告诉米果，阿九为了男朋友借了高利贷，今天是还款的最后期限，她要在银行关门以前去给他们打款。

我接触过很多女孩，她们因为生在一个不完美的家庭，缺乏爱渴望爱，所以将全部的感情都寄托在男朋友身上。我猜想阿九也是这样，因为从未得到过完整的爱，才通过付出、讨好甚至索取怜悯，来满足自己对幸福的渴望。

关于现在的男朋友，我问到阿九的时候，她说："其实，我还是希望能一直和他走下去。"

这种坚定并不能草率判断是冲动还是理智，可是无论如何，都是她的决心。只是不懂如何去爱，往往是这些女孩的通病。

不过还好，我最欣慰的就是阿九自己一直在调节。

像这样的女孩子，一定能在熬过风雨后看到未来的方向。

后来……

阿九的QQ签名在夏令营结束后一度变为“我现在，很快乐”，就在我为此高兴的时候，紧接着的一句话很快又浇灭了我的热情——“不快乐，又能怎样？”

她依旧和左左谈恋爱，左左对她承诺不再和前女友联系，希望能和阿九一直走下去。说到这里阿九摆出一副发狠的样子，说如果被她抓到两个人继续联系的蛛丝马迹，她一定会把他甩了。

我虽然怀疑她的决心，但我会祝福这个没头发的好姑娘，祝福她一直勇敢地走下去。

王卫民：北京师范大学教育培训中心心理咨询中心咨询师
夏令营跟营心理辅导员

接纳自己，才会有爱

在夏令营里，阿九一直在很用心地寻求所有人的喜欢。她说话轻声细语，很注意其他人的感受。当她的付出没有获得回报，她会表现得很紧张。她甚至会直接地问："你是不是不喜欢我？我是不是做错了什么？"这些都是她内心极度缺乏安全感的表现。

从出生开始，阿九仿佛就在一直寻找被接纳、被爱的感觉，这似乎是她一切行为的潜在驱动力。这种内心的匮乏使得她不敢面对自己脆弱自卑的内心，一直渴望在各种关系中寻找关注、认同。然而，她对同学的信任没有换来温馨的友情，反而是受到嘲讽和打击；她始终想和自己的父母亲近，父母却无力顾及她的感受……阿九在成长中遭遇了太多的伤害，她只能不断地构造出一个柔弱、天真、可爱的自我形象，一个让人不忍心伤害，甚至不忍心触碰的形象，但这并不是她真实的自我。为了让别人接纳自己，获得内心深处渴望的爱，阿九付出得很辛苦。

还好，在夏令营充满善意的氛围中，阿九部分卸掉了自己内心的防备。她勇敢地告诉大家自己没有头发，决心走向坚强。她还相信爱的存在，也对未来充满希望。

其实，阿九以及我们每个人，都需要学着接纳自己，发现自身的珍贵品质和个人的价值，同时也需要理解爱并不是靠依赖别人才可以得到。当把关注的焦点放到自己身上，了解自己、善待自己，才会爱上自己，自爱才能得到更多的友情、更高价值的爱情。

当接纳了完整的自己，别人也就不会介意阿九的假发（这个局部的自己）以及阿九的过去。

LEFT WING
左半边
翅膀

女生档案

姓名：左陌言
城市：丽水
年龄：19岁
星座：双子座
成长关键词：病，离家出走，耻辱
个性签名：剪一片月光，化左半边翅膀，陪我去流浪

女生自白书

我是一个病孩子，从小就是，我生下来就有先天性心脏病，所有人都知道，我活不久的。

我从12岁开始离家，独身一人，游历很多城市，做了很多事，医生说我的生命将在两年后终结。

谁都不会在意，也没有谁会记得，这世上曾经有个女孩叫左陌言。

我有先天性心脏病，而且还是最严重的那种，从小我就知道我跟别人不同，我是活不长的，我的父母也知道这一点，所以他们对我从来都是爱理不理的态度。

从12岁起，我的生活就彻底偏离了轨道。现在回想起来，关于那一天混乱的情形我的脑海里只剩下满墙壁父亲的血迹，他用手掌在墙上印下一个个触目惊心的血手印，提着菜刀满眼通红地要和我妈同归于尽。

一直以来，我都觉得我生活在一个奇怪的家庭里面，我印象中的父母从来没有相亲相爱的画面，他们在一起唯一做的事就是吵架，永无休止地吵，为钱该如何分配，为沙发的摆放方向，甚至为今晚该吃土豆还是萝卜都会吵得天翻地覆，摔桌子砸杯子，然后提着菜刀追到大街上。他们也不觉得丢人，乐此不疲地每星期准时免费上演一出“夫妻争霸赛”给街坊邻居看。

直到现在我都不肯承认那里是我的“家”，我觉得离开了那个所谓的“家”是我人生中做过的最好的选择。

其实我是被赶出来的。天底下有哪个父母会因为吵架就迁怒自己的女儿而把她赶出家门？我的父母就会，也许他们觉得我是这段失败婚姻里最失败的产物。

那天我放学回来，看到自家门外围了好几圈人，里面时不时传来爸爸的咆哮和妈妈的嚎啕。我拨开人群挤进去，一股令人作呕的酒气扑面而来，家里面一片狼藉——地上全是砸碎的玻璃碴子，爸妈把他们能看到的东西全砸了，桌子上有刀砍过的痕迹。我冲进卧室，看到爸爸左手提着菜刀，右手手臂划开一个血口，暗红的血迹一滴一滴从门边蔓延到他脚下，墙上全是他的血手印。我吓得浑身战栗，就在此时，他看到了我，我至今都无法忘记那个眼神，是那种憎恨得仿佛我跟他有血海深仇的眼神。

他立刻转移了目标，提着刀向我冲来，我吓得拔腿就跑，我一口气跑到大街上，心跳才慢慢恢复。漫无目的地逛到晚上，我以为他们打累了就会休息，谁知道等我回去，看到的是自己的衣服鞋子书包本子全部被扔到楼下，我气得冲上去砸门，没有人理我，用钥匙开门也打不开——门居然被换了一把锁。

后来我才知道，那天他们离婚了，我也从那天开始变成无家可归的人。

妈妈收拾东西搬了出去，她并没有带走我，而爸爸也不愿意我跟他住，于是我变成了一个足球，整天被他们踢来踢去。大概每个学生最盼望的就是放学，但我最怕的就是放学，因为放学就意味着要回家，而我没有家可回。去爸爸家，他直接大门紧闭假装不在；去妈妈家，她倒是没有不准我进门，但拉着我像怨妇一样地哭诉爸爸如何打她，别人在背后怎么对她指指点点，她的日子如何不好过，烦得我忍不住自己跑出来。

这样的皮球生活维持了两个月，我离家出走了。

我不辞而别义无反顾地收拾了行李，踏上了一列北上的火车。意料之中的，我的离家并没有给他们造成多大震动，我觉得他们其实早就盼望着这一天吧，盼望着我这个碍眼的人早一点消失。

我一直无法理解他们对我这种莫名的仇恨从何而来，直到很久之后我去堕胎，事后看到自己的病例本，竟然本能地疯狂地想把它撕毁，我才知道这是怎样一种心情——想要把自己的耻辱抹杀掉，它的存在对于我来说就是一种羞耻，时时刻刻提醒着我过去做的蠢事，我不能让它留存下来。

也许在他们看来，我就是他们的耻辱。

我在一个北方的小城下了车，看着夜幕中的火车站，来来往往的人群，脸上带着失望或是憧憬，伤感或是期冀，热闹非凡，我突然觉得自己像一片叶子，被风从树上刮落，在空中盘旋片刻就掉落在地上，孤立无助，无人问津。

我去投奔了一个表哥，现在回想起来，和他在小城里的那段日子是我一生中最开心的。表哥很宠我，什么事都顺着我开心。有段时间我喜欢吃一家早餐店的包子，过了点就没有了，表哥每天7点爬起来挤公交车跑去买给我吃。我都不用起床，坐在床上迷迷糊糊地吃完后倒头继续睡。我喜欢狗，他就买了一只吉娃娃给我养，说怕我在家呆着无聊，后来我才知道其实他对狗毛过敏的。表哥就这么惯我，那时候我觉得自己特别幸福，简直想跪在地上感谢上苍终于把亏欠了我这么多年的亲情还给我了。

在家呆久了确实很无聊，于是我跟着表哥去他上班的酒吧玩。他在酒吧帮人看场子，我也跟着在里面混。在那里我学会了抽烟喝酒嗑药，在那里这些都是再平常不过的事。我交了很多朋友，都是在酒吧里认识的，有小混混也有大混混，有陪客人的小姐，也有学校里的不良少女，还有游手好闲的无业游民。我知道，别人都会说他们不是什么“好人”，可是他们很真实，有种肝胆相照的义气，更重要的是，他们不会厌恶我不会嫌弃我，我对他们好，他们也会立刻对我好。我终于发现自己不再是孤孤单单的一片树叶，或者说，我发现原来我不是唯一被抛弃的树叶，在我的身边，还有许许多多我的同类。

每天我和他们喝得醉生梦死，酒吧打烊后我们一群人在大街上装疯卖傻地又吼又叫，引得路旁的居民楼里阵阵叫骂，然后我们很有默契地哄的一声一阵狂笑，我笑得腰都直不起来。只有在这些笑声中，我的孤独才会减少一点，才会真真实实地觉得我是在人群当中的，我和别人没什么不同。

我的姐妹里面有个叫小爱的，我跟她玩得最好，我看她天天都来酒吧，就问她家里人怎么不管她。

“家里烦，就逃出来了呗。”她说。

然后我问她家里怎么烦她，她就开始绘声绘色地跟我讲述她爸妈在家怎么唠叨她怎么要她认真读书；中考期间她妈每天早上6点钟爬起来给她弄早餐，晚上陪她复习到很晚。她说爸妈给她的压力太大了，所以中考没考就离家出走了。

我当时听到这些都想抽她两嘴巴，我爸妈要对我这么好我早就嘴巴都乐歪了。

可她是个特别单纯的小姑娘，单纯到傻，都不会保护自己。在酒吧这种混杂的地方，谁不多长个心眼，可她偏不，人家随便说一句话她都当真，人家灌她多少酒她都照喝。后来有一天正好我不在，一个小混混灌醉她之后把她强奸了。

直到现在，想起这件事我都还忍不住想骂人，说那个小混混是王八蛋简直都在侮辱王八。那天之后，我和姐妹们拉着小爱要他解释清楚，他跪在我们面前一把鼻涕一把泪地跟我们说他是真的喜欢小爱，会对小爱好。我们都信了，可第二天我就看见他搂着另外一个女的。小爱抱着我哭得昏天暗地。为了帮她出气，我找了几个兄弟把他打了一顿，那几个兄弟下手很重，把他打得抢救了一个晚上，才捡回一条命。

我是那种你对我好，我一定掏心掏肺对你好的人，我把朋友看得比什么都重，所以做这件事的时候我几乎都没有考虑过后果，只想狠狠教训一下那个王八蛋为小爱出气。

谁知那人有个叔叔，是在黑道上混的。他叔叔找人调查谁打的他，就查到了我，带着一堆人跑来酒吧说要为他侄子讨回公道。

明明是他侄子不要脸，他居然还好意思口口声声跟我们讨公道。他们根本不讲理，就是来闹事的，表哥看情况不对拉着我就跑了。

表哥带着我赶回家匆匆收拾了行李，然后到火车站给我买了回家的票。他安慰我说先回家避避风头，等这边的事平息了再把我接回来。我一万个不愿意，但还是只能眼泪婆娑地跟他告别。火车开动的刹那，我知道我短暂的幸福日子彻底到头了。

后来我才知道，原来那群人早就看我们酒吧不顺眼，他们是故意来砸场子的。我打人只是个导火索，正好让他们找到了借口。我知道自己闯了这么大的祸，表哥被我连累丢了工作，我也再没脸去找他混吃混喝。

就这样，我回到了家乡，但没有回家。我在QQ联系了原来的朋友，他们告诉我，我爸妈除了在我刚离家的那个星期打电话给他们问我去哪儿了，就再也没找过我。虽然我早就预料到了，但亲耳听到时还是感到一阵寒心。那时候我发誓，如果以后我有了小孩，我一定要给他天底下最多的爱。无论贫穷还是富有，我都要全身心地投入在他身上，不让他感到一丝冷漠和孤独，更不会让他像我这样整日颠沛流离，无家可归。

我开始了一个人的生活，我身上的钱本来就不多，租了房子之后就所剩无几，身边的朋友被我借了个遍，我饱一顿饿一顿半饱半饿又一顿，朋友们看不下去了。

“你要想活下来就得去找个工作。”他们说。

可想找一份工作也不是那么容易的，我才14岁，初一没读完就辍学了。折腾了一个月，最后只有一个小饭馆肯收留我，让我去端盘子，一个月600元。这点钱顶个屁用，但有总比没好，我还是去干了。小饭馆是一对夫妇开的，老板娘无比挑剔，最擅长的就是鸡蛋里面挑骨头，整天对着我大吼小叫，说我桌子擦得不够干净偷懒不做事，天地良心我每天从早上开门忙到晚上打烊，连上厕所都得一溜小跑！想到为了钱，我忍了，可最无法让人忍受的是那个男老板，我总觉得他看我们服务员的眼神不对劲。刚开始他还只是语言轻佻一些，后来有一次他居然趁我不注意顺手朝我屁股上掐了一把，靠！一阵恶心从胃里冒出来，我二话没说，转身拿着盘子就朝他头上砸去，砸完之后看见血从他额头上刷地流下来，我被吓到了。还好我脑子转得快，趁他们还没反应过来就赶紧没命地往外跑才没被抓住，当然，我再也没回去过，忙活了大半个月一分钱没得到。

眼看着快到月底，房东来催交房租，一个朋友看我急得团团转，随口说了一句："真不知道你原来是怎么活下来的。"

我灵机一动，对啊，原来怎么活的现在就怎么活。经人介绍我去了一家酒吧，随口报了个年龄就开始正式上班了。其实谁能看不出来我没有18岁，只是大家都是为了讨生活，老板就睁一只眼闭一只眼了。

同样是当服务员，小饭店与酒吧的待遇就相差太多了，有以前的经验在，我混得还不算差，端酒过去有客人要我陪，我也心安理得地坐下，陪他们喝喝酒抽抽烟，这都是我喜欢的，还能得小费，何乐而不为呢。

在酒吧呆了没多久，我认识了阿成。阿成不帅，可我觉得他身上有种魄力，我也格外地关注他。我的朋友看出来了，他们跟着起哄，经人牵线搭桥，我们在一起了。

这不是我第一次谈恋爱，奇怪的是我很紧张，时刻都担心会失去他，甚至有点神经质了。我想大概是我一个人孤独久了，需要一个人在我身边给我安全感，让我觉得心里踏实，而阿成就能给我这样的感觉，所以我格外珍惜他。

实际上，阿成对我很好，至少刚开始的时候很好。

我很快退了原来的房子，搬去跟他住在一起，我们甜蜜得让所有人都羡慕。我最大的爱好变成了学做菜，下了班就在网上研究菜谱，第二天做给他吃，而他每次都赞不绝口地吃得干干净净，然后抢着去洗碗。晚上睡觉我经常会做噩梦，半夜惊醒，他强忍睡意耐心地哄我睡觉，有一阵子我胃口不好，耍脾气不吃饭，他就变着法地做东西喂我。

我们这样的生活持续了三年，三年时间，说长也不长，说短也不短，可是刚刚好够把两个人的新鲜感和耐性都磨完。

我不知道我们的关系是从什么时候开始变质的，我只知道我们的争吵越来越频繁，常常为了一些鸡毛蒜皮的事情吵得不可开交。

有一回刚吃完饭，他突然说："明天我就走了。"

我愣了一下："你去哪儿？"

"去上海。"他头也不抬地说。

"你去上海干什么？都不事先跟我说一声。"我有点生气了。

听出我语气里的责备，阿成不但没有解释，反而更加不耐烦了："我现在不是在跟你说嘛！"

"你这是什么态度？！"我霍地站起来。

"我他妈要去哪儿你问这么清楚干什么？"他大力拍了一下桌子。

我气得抓起桌子上的杯子就朝他扔过去，我终于知道我爸妈吵架的时候为什么喜欢扔东西了，因为扔东西有气势啊。听到杯子哗啦一声砸碎在地上，我心里气就消了一半。杯子当然没砸中阿成，他站起来吼道："你疯了吗？！"然后冲过来扬起手给了我一巴掌。

这是他第一次对我动手，我捂着脸惊呆了。抬头看他，他丝毫没有一点道歉的意思，我被激怒了，跳起来用指甲抓他的脸，我们扭打起来，我当然打不过他，几分钟后我就被他压倒在地上狠狠打了一顿。

第二天他照走不误，而我身上带着青一块紫一块去上班。

从那之后，我们就变成了三天一吵五天一打。阿成是个很自我的人，而且很大男子主义，他决定了的事，我无权过问，好像我的存在就是乖乖坐在家里做好饭等他回来。

我开始想办法报复他。我故意在酒吧跟很多男人调情，笑得放荡又妩媚，甚至喝多了就一夜情。谁都知道我是阿成的女人，我这样做让他很没面子，我们的关系更紧张了。

我想过要逃，也实施过计划，可我收拾东西还没走到车站就被他抓了回来，回来就是一阵毒打。跑了几次，我跑累了，他也抓累了。后来有一次，他喝醉了酒，回家抱着我说对不起，我们都哭了，不知道为什么明明相爱的我们怎么会变成这个样子。

久而久之我麻木了，想跟阿成安安静静地就这么过下去，可无意中我发现原来他在外面有女人。那次我手机没电，顺手就拿他的手机打电话，不小心按到了通讯录，发现里面居然第一个名字是“宝贝”，并且还不是我的电话。我当时就把电话拨了过去，果然，那边是个女生接的，嗲着嗓音说：“老公，什么事？”

我脑袋“嗡”的一下。

“操！小贱人！谁是你老公？！”我骂道。

那边愣了一下，然后反应过来，那女的也不含糊，在电话里跟我对骂起来。我用我所能想到的所有脏话去骂她，把她祖宗十八代都问候了一遍，我们吵了20多分钟，她终于忍受不了，“啪”的一声把电话挂了。

电话变成忙音，我呆呆地握着手机，刚才的气势一瞬间被抽光了，我觉得又累又委屈，眼泪模糊了视线，忍不住“哇”的一声哭了出来。

我有个习惯，无助的时候就蜷缩在角落抽烟，死命地抽。那天阿成回来，看到满地的烟蒂，皱着眉问：“怎么了？”

我能感觉得到他语气里面的不耐烦，他蹲下，想把我扶起来，我一把打开他的手。

“你干吗？”他语气更加不爽了，明明不要脸的人是他，他凭什么对我这么嚣张？于是我抬起头，似笑非笑地说：“我今天和你的宝贝吵了一架，她有没有找你告状？”

他立刻就明白了我的意思，也不拉我了，站了起来。

“你都知道了？”他都不辩解一下，我知道我们彻底完了。于是我说：“我们分手，你给我收拾东西立刻滚出去。”

“凭什么是我走？这房子是我租的！”他吼道。

我冷笑：“你有本事就带着你的小贱人去另建爱巢。”

他自知理亏，语气软了下来：“我们何必分手呢，我去跟她说清楚，你原谅我这一回，好不好？”

其实我是真的爱他，至少曾经是爱过的，听到他这样说，我心软了，我知道我不能没有他。我太需要温暖，太需要睡觉的时候有个怀抱，就这样吧，等有一天我们都累了都死心了，就会彼此放手了，在此之前我会安静等待着那一天。

没过多久，我开始敏感地察觉到自己身上的变化，总是时不时想吐，小姐妹开玩笑说：“该不会是有了吧？”

我心里咯噔一下，忐忑不安地去买了测孕纸，果然，我真的中招了。

我把这件事跟阿成说了，然后我们谁都没说话，都在抽烟，他蹲在地上抽，我坐在床上抽，持续着沉默，跟比赛似的，最后他狠狠把烟扔在地上，站起来用脚碾了几下，走到我面前，蹲下来看着我说："老婆，还是去做了吧……"

我没有说话，在那一瞬间，我的脑子里面居然浮现出我抱着孩子喂奶，阿成在一旁手忙脚乱地洗尿片的场景，这个场景真搞笑，我噗嗤笑了一下。阿成被吓到了，赶紧说："你知道我很喜欢小孩的！可是、可是我们现在真的没有能力养孩子。"

是的，他说得没错，我想起自己的那个誓言，如果我有了孩子，我一定要给他最好的，不让他颠沛流离不让他无家可归，而我现在有什么呢，什么都没有。我将来没办法对自己的孩子说：你妈妈从小被家里人赶出来，17岁就有了你，你的出生纯属是场意外……

我答应了阿成，去做了手术，医生瞄了一眼病例，看到我的年龄，轻轻叹了口气。

"忍着点。"她说。

我就死命咬着牙再痛都忍着不出声，不知过了多久，医生告诉我结束了，她一边收拾东西一边对我说："你真勇敢，还真的忍着没叫，眼泪也没流。"

我面色惨淡，连提起嘴角向她笑一笑的力气都没有了，更没力气告诉她，我不是勇敢，而是已经心如死灰了，接着意识一阵模糊，我昏了过去。

再醒来时我已经躺在家里的床上了，睁开眼仔仔细细地打量这个我住了三年的"家"，才发现这里其实并不属于我，我该走了。

我离开了阿成，这一次他没有阻止我。他帮我提着行李，我们在火车站平静地抱别，没有不舍也没有挽留。

从那之后，陪伴我最多的便是我的旅行箱，见过最多的就是火车站。我游走在一座又一座城市，到达，离开，一次次辗转成为我的习惯。到一个城市就去找一份工作，存够了钱再继续上路。

中途我终于鼓起勇气回了一次家。像我当初离开一样，我的回来也没有让他们有多惊讶。我离开家六年，在他们眼里似乎只是出去玩了六天似的。

六年的时间，他们都老了，不再吵架，甚至离婚后偶尔还凑在一起打打麻将，我差点笑出来，你看，世事真是无常，谁又能预料到今后会发生什么？

我变成了家里的一个客人，我跟爸妈彼此都很陌生，也没过多的接触，他们不愿意多说话，我也刻意不跟他们打照面，无所谓了，反正我只是想回来看看他们而已。

过完年，我就收拾行李走了。

我在下一个城市呆了半年有余，我很喜欢这里，夜晚坐在海岸边，湿润的海风拍打在脸上，巨大的灯塔耸立在远方。夜晚很热闹，挤在喧哗的人群和忙碌的小摊贩中，我暂时忘记了孤独。

我在一家快餐店打工，老板是个和蔼的中年人，整天乐呵呵的。7月我想去参加雪漫的夏令营，老板知道我的事，爽快地给我批了两个星期假。走的时候他拍拍我的肩，笑着说："开心点，你要开心点。"

我冲他用力地点点头，其实我并没有不开心的。我远离那些灯红酒绿，开始试着戒烟戒酒，那些一个个夜晚里荒唐的寻乐离我越来越遥远了。我去了很多地方，路过了很多风景，我与它们擦肩而过，我习惯性地往前走，不回头。

我开始迷恋网上聊天，我在雪漫的群里面认识很多朋友。她们都是可爱的女孩子，毫无顾忌毫无芥蒂地向我敞开怀抱，像一朵朵向阳花开在了我的心田，我每天晚上准时出现在群里，与她们谈天说地打打闹闹。

我答应一个女孩子下一站去她的城市，可我食言了，因为我在打工的店里昏倒被送进了医院。

实际上，这种昏倒最近越来越频繁，我小心翼翼地不敢让人发现，因为我不敢去医院检查，我一直在逃避。

直到医生坐在我面前严肃地问："你现在的情况很糟，你的父母呢？"

我摇头，随口撒了个谎："我父母都去世了，医生你直接跟我说吧，我有心理准备。"

医生的眼神里充满了怜悯："你的病越来越严重了，照这样发展下去，你只剩下三年，如果治疗的话，治愈的几率也不是很大。"

"等于宣判了我的死刑吗？"我呆了许久，终于无力地说。

医生摇摇头："我知道这很难，但你不要悲观，一定要保持良好的心态。"

从医院出来，我顺着路一直往前走，我不知道前面是哪儿，也没有目的地，我只想一个人走一走，静一静，我突然想起我爸妈，不知道他们现在怎么样了，可能都已经重新结婚，有没有重新生孩子了呢？不知道他们的孩子有没有像我一样有病，活不长？

其实我很早就有准备了，可是在医生说那句话的一瞬间，我还是觉得无法相信。为什么我的命运是这样子呢？为什么别人还有一辈子，而我只剩下三年？我还什么都没做，我还只有19岁。我甚至还掏出手机算了一下三年有多少天，多少小时，多少分钟。我一个数字一个数字地看过去，终于忍不住嚎啕大哭。

1095天，26280小时，1576800分钟。

这样看起来，剩下的日子应该会比较多吧？

雪漫记录·面对面

Q 饶雪漫
A 左陌言

时间：2010年7月29日　　地点：夏令营驻地——北京奥亚酒店

Q 饶雪漫：Hello陌言，我们开聊吧。
左陌言：好的，雪漫姐。

Q 饶雪漫：其实听了你讲述的故事，我最好奇的是你父母为什么会完全对你放任不管，好像你一直是一个人在外面闯。
左陌言：（想了半天）不知道。

Q 饶雪漫：你回想一下，父母有没有做过一件让你感动的事情？
左陌言：从来没有，因为他们已经对我完全失望了。

Q 饶雪漫：为什么？
左陌言：因为我对他们说过："我对你们没有任何感情。"

Q 饶雪漫：你是在什么情况下说出这句话的？
左陌言：……能不能不回答？

Q 饶雪漫：好吧，那说一下这次夏令营。夏令营活动有一个模拟家庭的环节，如果换你来做这个游戏，你会把父母摆在什么位置？
左陌言：能有多远摆多远吧。

Q 饶雪漫：没有商量的余地么？
左陌言：没有。

Q 饶雪漫：当时做这个游戏的时候，场面是很感人的，好多人都哭了，可你为什么会偷偷走掉呢？
左陌言：我很不习惯这样的场景。

Q 饶雪漫：觉得幼稚？
左陌言：不是，我只是不希望在大家面前哭。

Q 饶雪漫：那说明这个场景对你还是有所触动的。
左陌言：不是的。我只是见不得一堆人在一起哭哭啼啼，大家在一起开心笑就好了，以后回忆起来也都是开心的画面，为什么一定要哭呢？！

Q 饶雪漫：哭是一种发泄的方式。
左陌言：我不需要用这种方式发泄。

Q 饶雪漫：但你走的时候，抱着黎未希哭得很厉害。
左陌言：该死的，之前其实一直都在笑，结果那丫头抱着我哭得越来越厉害，抱得越来越紧，弄得我也哭了，真讨厌！

Q 饶雪漫：总之你不喜欢陌生人看到自己的眼泪，只会在朋友面前才哭对吧？

左陌言：被发现了。其实也不能这么说，主要是我很勇敢的，如果哭最多就是悄悄躲到一边哭一下下，但未希实在太坏了，害得我情不自禁。

饶雪漫：你介意聊聊你的病吗？

左陌言：没事，其实我早就不在乎了，聊吧。

饶雪漫：其实在知道你的情况之后，我询问过认识的医生，医生说你的病如果好好治疗，是不会有生命危险的。

左陌言：（沉默了一会儿）准确地说，是如果自己心情愉快、情绪平定，情况就不会很糟，但如果我还是按照一年前的那种方式生活的话，就是三年。其实来夏令营之后，我也想通了，我也想以后好好治疗。

饶雪漫：知道病情之后，当时怎么调整心态的？

左陌言：自然而然就调整了啊，如果你要问我心态调整的过程，亲爱的，你杀了我也说不出……我只能说我适应的能力比较强。

饶雪漫：我能不能问你一个比较尖锐的问题？

左陌言：问吧。

饶雪漫：你有没有在潜意识里夸大自己的病情？

左陌言：没有。

饶雪漫：因为我有这样一种感觉，你的故事好像总包含着一些被夸大的成分，你好像活在自己的传奇里，但我的直觉告诉我，生活决不会这么戏剧化。

左陌言：没有。

饶雪漫：那总是这样一个人死扛，会有累得撑不下去的时候吗？

左陌言：有。是去年在北京那会儿，一个人在陌生的城市，对北京的恐惧，又加上一个非常好的朋友突然消失，我几乎崩溃了，就回家了。其实，在潜意识里，我还是希望有个家可以让我依靠一下。

雪漫记录·印象

夏令营结束的第二天，左陌言更新了QQ签名，她说：我本来就习惯一个人，并不合群。

我看到这段话的时候，她独自踏上了去上海的旅程。走之前她告诉我，去上海是因为一个朋友想办一本杂志，她要去帮忙。我想或许我能帮到她，就多问了几句，等我了解清楚情况之后简直哭笑不得，她们没有资金，没有编辑，没有出版商，什么都没有，我猜她们都没弄清楚做一本杂志的流程，但她说做杂志一直以来是她朋友的梦想，于是她就这么收拾包袱义无反顾地去了。

编辑方悄悄在一旁急得跺脚，怕她被骗，打电话去把她骂了一顿，最后左陌言答应会先考虑清楚，但还是决定留在她朋友身边。

左陌言有句话给我印象很深，她说她把朋友看得比生命更重要。

所以她每次陷入困境都跟她的朋友有关；每次惹上麻烦，都是因为想帮朋友出气。

其实刚开始我们对左陌言的故事是持怀疑态度的，因为她太传奇了，简直就跟小说似的，她就是那个命运多舛的女主角，在QQ上她跟我们讲她混帮派，跟人一夜情，被人拿着刀追杀，生活中充斥着血腥和暴力。你听她描述的时候，脑海里面就会不由自主地勾勒出一个发型夸张、表情不屑、动不动冲你吐烟圈的小太妹形象，所以当她站在我面前的时候我一时没认出来。

一头直发，身体瘦弱，血色不太好，说话的时候语气温温柔柔的，笑起来的时候眼底透露出一丝狡黠，她整个人完全一副无害的样子。

她没有给我们惹麻烦，跟每一个人都相处得很好，你问她什么她都会乖乖地回答，但她有她的底线，当跟营编辑小九架起摄像机采访她的时候，她就立刻竖起身上的刺，显然，她很排斥镜头。面对小九的提问她避重就轻绕着圈子忽悠，最后小九无可奈何，采访也草草结束，她得意地跑出去找人玩了。

就算是我询问她问题，她也是话很少，好像自己心里有一部分永远是被关起来的。其实我了解像陌言这样的女生，她经历过伤害，才知道自身强大是多么重要的事情。无论她对自己的故事有没有夸大和渲染，她都是为了保护自己，给予自己继续生活下去的勇气。

夏令营快要结束的时候，大家都在互写留言，唯独她坚持不肯把本子拿出来，她说留言对她来说过于伤感了。我想，她大概是不想看到别人给她写“你一定要加油”之类的话吧，她害怕的其实是别人过度的关心和眼里的怜悯，因为这些温柔都会化作利器去提醒她那个残酷的事实。

她一再强调，她不在乎了，无所谓了，是希望别人用平常心对待她吧。我想起在度假村我们顶着烈日搞拓展训练时，有人担心她身体受不了，要带她去旁边休息，她一再拒绝，乐呵呵地说：“我没事，我真的没事的，你们不要担心我。”

我们派跟营作者果子李照顾她，一路上她兴致勃勃地跟果子李说她曾经养过蜥蜴、蜈蚣、毒蛇，甚至开玩笑说要送一条蛇给果子李，吓得果子李一阵一阵冒冷汗。

夏令营结束那天，果子李去送她，走之前她偷偷塞给果子李一张纸条和一个打火机，然后什么都没说就拖着箱子走了。后来果子李打开纸条，上面写了几行字：

小李子姐姐，我知道你不抽烟，也希望你永远不要碰烟。这个打火机是表哥给我的，我一直带在身边，现在送给你，以后不管我去了哪里，它会代替我陪在你身边。

果子李看着这张纸条哭得差点没抽过去。

左陌言的日志里有这么一句话：来往于我内心之间的温暖，那些美好的事物，我谨记于心。对于那些寒冷，我接受，然后埋藏在内心的最底层。

这样一个善良的女孩，我真希望她的病，只是她给我开的一个小小玩笑，更愿她今后被这个世界温柔相待。

后来……

夏令营结束后不久，左陌言给我发来了他们做的第一期电子杂志。

杂志当然并不成熟，但她们竟然用近乎执拗的倔强将它完成了，这本身也算是一个不大不小的奇迹。

左陌言说，正因为看明白这个世界的残酷本质，所以才越发懂得要善良，只有拥有一颗懂得珍惜的心，世间的万事万物才会因此显得美丽。

所以那本杂志的主题是爱与希望。

现在的左陌言，打算离开上海，去宁波呆上一阵子，好好打算一下未来三年要做什么。

王卫民：北京师范大学教育培训中心心理咨询中心咨询师
夏令营跟营心理辅导员

放纵自己的快乐，能够享受多久

在和左陌言交谈之后，我咨询了学医的朋友，问他“心脏房室瓣关闭不全”这种病，会不会让患者的生命受到致命的威胁，甚至生命“只剩下三年”，他的答复是：这种病是一种较为常见的先天性心脏疾病，通过药物可以有效地控制，如果没有严重影响日常生活，不推荐手术。

在夏令营里，左陌言是个比较特殊的孩子，她的传奇故事本身，似乎就使她独立于其他的营员，成为一个特殊的存在。当有人质疑她那些传奇的真实性时，她表现得非常激烈，她抗拒工作人员的采访和录影，并且声称：我不喜欢你们的这种方式！

她一定已经感觉到，夏令营里的很多营员，已经开始议论她的传奇故事和她的病情，而那些东西却是她最为看重的。从心理学的角度来看，“自己的生命只剩下三年”这一悲剧性的假设，让左陌言能够逃避被荒废的时光，逃避自己不断被抛弃、被背叛的经历，为自己现在及时行乐的状态找到心理上的依据。

如果没有这个假设，强逼着左陌言面对伤痕累累的过去和无力把握的未来，她恐怕会陷入崩溃。这种假设，是对抛弃了自己的父母和男友的一种潜意识的报复，同时也是对自己未来的放弃。

左陌言本人，愿意用这样一种心态过完自己不论有多长的人生吗？

BYE , FEDERAL
SUMMER
告别联邦的
夏天

女生档案

姓名：阿不
城市：广州
年龄：17岁
星座：水瓶座
成长关键词：阿坤，贱，联邦
个性签名：不管嫁给谁，到最后都是一样

女生自白书

阿坤是我的初恋。

认识他的时候，我高一，他高二。

他长得帅极了，绝对就是我梦想中的那种男朋友。看他第一眼，我就傻了，之前我并没有谈过恋爱，决定追他还是在好友小嘉的万般鼓励下。她对我说：“好男生是要抢的，你下手晚，就成了别人的盘中餐了。”

我觉得小嘉说得超有道理，于是我决定该出手时就出手。

知道阿坤喜欢抽中南海，我给他买了一包中南海，约他在离校园不远的一个小公园见面，那里有个特别傻的花架，我就站在那里特别傻地单刀直入地表白了。

我万万没想到的是，我刚表白完，他就吻了我，他的吻不像他长得那么霸道，嘴唇轻轻依次落在我的额头、眉毛、鼻子、嘴唇上，我整个身子都像过了一次高压电。

他口腔里有烟草的味道，淡淡的苦，我却觉得很好味。

“你刚入校，我就看上你了。”他说，“我就知道，你是我的。”

原来这就是爱情，真他妈太奇妙了。

我们在一起的日子里，大部分时间都是他说了算，我也乐得被他控制。他叫我抽烟，我就抽烟；他叫我逃课，我就逃课；他叫我吻他，我就吻他；他叫我给他钱，我就给他钱；他叫我不许看别的男人，我简直就乐翻了天。

从小，我家条件就蛮好的，我爸开一家公司，我妈收入也很高，所以，我基本上是要什么有什么，所有人都宠着我，只有阿坤会拒绝我，他会在我耍小性子的时候把我一个人晾在那里，自己若无其事地玩游戏；他会埋怨我，会吼我，但我都不在乎，没有性格的男生怎么会那么迷人？

所以说，人之下贱，真是至上无敌。

我们交往的那年圣诞节，我在一家四星级宾馆开了间房，把自己的第一次当做礼物送给了他。完事之后，他看上去很满足，美滋滋地点了根烟，对我说：“你是我交往的女朋友中，第一个处女。”

我一把将他嘴里的烟夺过来，叼在嘴里对他撒娇：“也要是最后一个。”

“不可能。”他飞快地回答道。

我作势打他，最后却只是扑到他怀里，我知道他在跟我开玩笑，像我这么乖这么听话的女朋友，谅他不敢也舍不得甩了我。

何况我还把自己最宝贵的东西给了他。

那天，他很快便呼呼地睡着了，我看着他梦里一跳一跳的睫毛想，现在的我完全属于他了。

他一定会比以前更加爱我的。

但很快我就知道我错了。

事情出在我好朋友小嘉和阿坤之间。

有一天晚上，大家都在上晚自习，我去上厕所，突然在楼梯间看到两个熟悉的影子，是阿坤和小嘉，我正要打招呼，却发现两个人的姿势有点奇怪。

我仔细一看，发现阿坤正搂住小嘉，嘴唇马上就要贴上去。

一、二、三……时间突然变得好漫长，我心跳得厉害极了，好像马上就要飞出来。阿坤真的在吻小嘉，昏黄的灯光下我发现，他吻她的方式和吻我如出一辙，先是额头，然后眉毛、鼻子，最后是嘴唇。

动作一样温柔，甚至更加小心。

我感觉血都已经冲上脑门儿了，随时想要冲过去，但我又不敢，怕那样阿坤会觉得尴尬，小嘉会觉得难堪。我只能躲在暗处，脑力交战，身子不停地颤抖。

他们吻了很久，差不多有一个世纪那么长，久久不愿意分开。

然后我就听到小嘉笑了，笑得银铃般动听。

我害怕那种笑声，逃也般地回了宿舍，在无人的宿舍，哭得快断气。

好不容易冷静下来，我做了两件事情，首先用凉水洗脸，让自己清醒过来，然后拿起手机，给阿坤发短信问他在干吗。

很快，收到了他的回复：“我在自习室自修。”

我含着眼泪，抖着手给他写了一条长长的分手短信，斥责他对我的背叛和欺骗，可到最后却没有勇气发出去，因为我怕一按发送，我就永远地失去他了。

那天晚上小嘉回到宿舍，脸还红扑扑的，我装作没事地问她干什么去了。小嘉愣了三秒，然后回答我说“去小卖部买了点东西”。

她手里的确提着一个超市塑料袋，我没有再说什么，只是狠狠地盯着她，可当她的眼神移到我脸上的时候，我却马上把头转开了。

怎么突然变得这么孬种？怎么不冲到小嘉面前，狠狠抽她一耳光，然后把塑料袋里的东西砸在她脸上？是她背叛了好朋友，又不是我！

但最后，整个晚上我都像贼一般把头死死垂着，不敢抬起来，怕她发现我哭得红肿的眼睛。

相反，小嘉却一直兴高采烈地哼着小曲。

恋爱中的人真是白痴，连羞耻都不懂得了。

那天以后，我总是旁敲侧击地问小嘉："你觉得阿坤这个人怎么样？""你觉得我和他配么？""他会不会红杏出墙啊？"

每一次小嘉都表演得像一个真正的闺蜜一样找不出漏洞。

我觉得她简直可以拿奥斯卡最佳女主角奖了。

不知道是不是也觉得对不起我，反正阿坤那段时间突然对我很好，每一次我缠着问他爱不爱我这样的话题，他不会像以前那样骂我白痴，反倒一口咬定，语气诚恳得像在做检查。

这更加说明他心里有鬼。

但我下意识里却选择了相信他，觉得他无非也就是玩玩小嘉，他心里最爱的人一定是我，我情愿在潜意识里把那天晚上的记忆抹掉，我甚至认为阿坤会喜欢上小嘉是因为我对他不够好，所以那段时间里，我给阿坤买了很多很贵重的礼物，基本上隔10来天就会向爸爸要一次钱。

"你打算投资开银行么？"爸爸好像察觉到不对劲，狐疑地问我。

“不是啦，最近同学经常过生日。”我随便找了个借口就糊弄了过去。

只要阿坤不在我身边我就会紧张，我觉得我简直像一个FBI，每天都会给阿坤发无数条信息打无数个电话，但是你越怕什么，什么就越会发生。没过多久，就有人跑过来向我绘声绘色地描述阿坤和小嘉在什么地方一起做什么事情。因为细节太丰富，估计编造的可能性不大。

我终于忍不住质问阿坤，他搂着我说：“你傻呀，我爱不爱你难道你不明白吗？”

“那你说我和小嘉，到底谁更漂亮？”

“当然是你。”他想都不想地回答我。

我就没有再问下去。

放月假那天，我和朋友一起坐地铁回家，在地铁里迎面就碰见了阿坤，小嘉躲在他身后，看见我拼命往后撤，假装和他躲远一点。

这点把戏当然骗不过我。

差不多该做个了断了，我逼着阿坤做选择，阿坤不说话，只是在一旁抽烟，倒是小嘉一下子哭了，她突然跪在地上，哭着求我：“阿不，你不要怪阿坤，是我不好，我真的很喜欢他。”

我脑子一下子懵了。

往后的事情，我记不太清楚，我只记得把她从地上拉起来，还安慰了她几句，好像是她刚刚失恋了一样。下地铁的时候，我已经完成了把阿坤完全转交给小嘉的工作，还语气诚恳地祝他们将来幸福。

走出地铁口，当风猛烈地刮着我的脸的时候，我才意识到我忘记了自己也是那么那么地喜欢阿坤，才意识到自己刚才做了一个多么愚蠢的决定。

阿坤是我第一个喜欢的男生，而我坚信自己会喜欢他一辈子。

回到家里，我痛痛快快地大哭了一场，我终于意识到我的确就是那个全天下最傻的傻B，被人卖了还帮着数钱，数完钱还屁颠屁颠地把钱叠成一摞交给别人，临走还不忘祝对方幸福。好像我不是在谈恋爱，而是在做慈善。所有人都知道事情的真相，只有我一直被蒙在鼓里，一直活在自己的幻想里。

那些天我一直在听一首歌：我深深地爱着你，你却爱着那个傻B，但是那个傻B不爱你，你比傻B还要傻B。

我分不清这首歌，到底唱的是我，还是阿坤，还是小嘉。

年轻的爱情如此脆弱，如此混乱不堪，不值一提。我再也不会相信。

和阿坤分手之后，我过了一段相当混乱的生活，经常和几个朋友去夜店鬼混。其实夜店也没什么意思，只是在那里我第一次接触到了联邦止咳露，一种喝了会上瘾的禁药。听说这药喝多了，会导致心肺功能衰竭，所以我每次只能小心地喝一点，喝完了其实并没有朋友们说的那种飘飘欲仙的感觉，但好像真的不再那么想阿坤了。

只要不再想他，一切就会好起来的。

知道我被劈腿的事，我的朋友都说要替我报仇，把那对狗男女拉出来打一顿。

本来我都答应了，甚至想象过阿坤和小嘉跪在我面前求饶的样子，但最后我决定放过他们，爱情都没了，什么也都没了，争这一口气有屁用，我还不是什么都挽回不了。

可是造化弄人，那天，有个同学开生日party，我和阿坤同时被邀请了，而小嘉没有来。聚会上几个男生围着我和我聊天，看得出来他们对我有意思，我有一搭没一搭地和他们聊着，眼睛却总是瞟着正坐在沙发上摆弄手机的阿坤。他留了点胡茬，看起来更成熟了。

没多会儿，我的手机响了起来，我打开一看，是阿坤发来的信息，开门见山地问我："那几个男生是不是想泡你？"

他吃醋了，我真是爽，和那几个男生聊得更眉飞色舞了。

切生日蛋糕的时候，房间的灯都被拉灭了，一群人围在蛋糕前，屋子里只有蜡烛的光亮，寿星正闭上眼睛许愿，而阿坤站在对面，眼睛直勾勾地盯着我。

起先我还躲避着他的眼神，但后来，也义无反顾地盯着他看。

在这样的对视里，早就过去的爱情一下子就又熊熊燃烧了起来。

蜡烛吹灭后，他过来拉着我的手，带着我离开了那个聚会，我没有拒绝。那天下好大的雨，我们躲在屋檐下，他像个疯子一般地吻我，在我耳边反复地说："阿不，我要你！你不要离开我！"

就这样，我和阿坤又开始了，只不过这一次，我成了背叛朋友的人。

我对自己说这是在报复小嘉，让她也尝尝被人背叛的滋味，但其实我知道这只是我自欺欺人，我没有要求他和小嘉分手，是因为不敢，怕他最后还是会选择小嘉，这样的话，我恐怕连和他偷偷在一起的机会也没有了。

我承认，这段恋情让我变得越来越卑微。

我和阿坤的每一次约会都是在床上，有时候小嘉没空陪他，他就来找我，然后上床；有时候他和小嘉吵架了，他也会来找我，然后上床；有时候他只是想上床了就来找我。我觉得自己好像是他随叫随到的妓女，但我比妓女还要不如，因为每一次我们开房都是我付钱，他一分钱也不愿意拿出来。

我对钱没有什么概念，但有时候也会想我的感情未免太便宜。

最重要的是，小嘉在知道我们的事情之后，只是轻描淡写地笑笑说：“她啊，阿坤不过是玩玩她，不过就是把她当成了鸡。”

我仅有的一点自尊被她一句话击得粉碎。

我知道她说的都是事实，正因为是事实，我才那么地难过，我才发现自己原来是那么地下贱。

事情很快在学校里传开了，现在所有人都知道我是那个上床不用付钱的“鸡”，阿坤为此很生气，那天晚上他约我出来，说以后再也不想见到我，我跪着求他不要这样。我们僵持了半天，最后终于还是一起进了旁边的一家宾馆，我再一次付钱开了一个房间。

那天晚上，阿坤格外用力，我感觉自己痛得快要裂开了。黑暗中，阿坤把嘴贴在我耳边喘着粗气对我说：“你怎么那么贱，你说你是不是犯贱？”

说完，阿坤抽了我一个耳光。我别过脸去，身体已经僵直得一动不能动，眼泪从我的眼角滑下来，我吞下眼泪，不敢发出一点声音。

等阿坤睡着之后，我一个人躲进厕所赤身裸体地蜷缩在浴缸里，用刷子一下下用力地洗自己的身体，直到把皮肤磨出血。看到那些血，我心里才感觉好受了一些，甚至感觉到那么一点快乐，但眼泪还是止不住地哗啦哗啦往下掉，我很想放声大哭，但只能拼命捂着嘴，害怕吵醒床上的阿坤。

我越来越像个疯子，每天早上一醒过来，第一反应是慌张，慌张今天会不会失去阿坤，他会不会整天都不理我，只要他对我笑一笑，我就能开心一整天。

慌张的时候，我就开始喝联邦，一瓶不管用，基本上要到两三瓶的时候效果才真正上来，那个时候整个人飘飘欲仙了，也不再感觉到慌张，什么都可以抛到脑袋后面。这个时候再用刀片在手臂上一刀刀划下去，基本上感觉不到疼痛，只看着血从身体里流出来，好像那些不干净的东西也随着被释放了出来，心里就会感觉安定许多。

那段时间我的手臂上异常恐怖，伤口一个盖着一个，轻轻剥一下就会有血从刚刚结痂的伤口里渗出来。

有时候阿坤也会叫我不要再伤害自己。我知道他是看着伤口害怕，但这也算是关心我吧，反正我乐意这么想，他还是在乎我的。既然如此，我就变本加厉，为了换来阿坤对我的一句关心。

因为伤口实在太过密集，就算是夏天我也只能穿着长袖，但有一天还是被班级的团支部书记看见了，他对我和阿坤的事情也有所闻，便以团支部书记的身份拉着我去找阿坤理论。他对阿坤说了很多很多话，但最后阿坤只是冷笑了一声，说："你是不是喜欢她啊？那我把她给你了！"

阿坤在说这话的时候甚至连看都没有看我一眼，我看见团支部书记强忍着怒火，以各种理由把我支开。我并没有走远，就躲在门口听他们谈话，突然阿坤的一句话窜进耳朵里。

"我从来都没有把她当成我的女朋友！"

好吧。

我本来以为我会特别特别愤怒甚至疯狂，但是我竟然没有，只是整个人好像都松弛了，耳朵里"嗡"的响成一片。

原来他从来都没有把我当成他的女朋友，也许连小三都够不上资格吧。

我又很想喝药，但是手上没有；我就想砸东西，但也没有什么东西好砸。我看到教学楼的楼顶，对了，干脆把自己从上面砸下去，这个世界就太平了。

我几乎是飘上了六层楼高的教学楼顶。边缘有一圈雨台围着，我翻过倾斜的雨台滑到了楼顶的边缘。站在边缘处，风把我吹得摇摇晃晃的，好像一不小心就要坠下去，这感觉绝对比喝几瓶药来得爽。我决定了，等天黑以后我就把自己从这里砸下去。

等太阳落山很无聊，我从兜里摸出刻刀，在手臂上划拉着玩。我还做了小游戏，让血从楼顶滴下去，看会不会掉在哪个倒霉鬼身上。但还没等到天黑，团支部书记就发现我了，随着他的咋呼，很多同学都从教学楼里跑出来，密密麻麻地挤在楼下，看上去让人头皮发麻，还有女生像死了爹娘一样不断尖叫。

下面的人越聚越多，团支部书记带领着人们冲我喊“别想不开”、“快点下来”之类的话，我觉得好笑，我想到哪里就到哪里，你管得着么？

不服气你也上来试试。

其实我还有点犹豫到底跳不跳，但突然间，天台的门被撞开了，空荡荡的天台上一下就站满了人，里面还有一个熟悉的身影——阿坤被一个老师揪住衣服，一把搡到人群的最前面来。

我看着阿坤，他不敢看我。等了半天，他才闷声闷气地对我说：“阿不别闹了，是我不好，快下来吧。”

我的火一下子窜了上来，那个在我面前嚣张不可一世的阿坤原来是这样的孬种。我狠狠地把手里的刻刀扔到他面前，死死盯着他说：“要我下来可以，敢不敢在手上划一刀？见血的。”

阿坤好像在犹豫，他捡起地上的刻刀，所有人的眼睛都盯着他。最后他还是没有勇气割下去，骂了我一句疯子，然后飞快地转过身，挤开人群逃走了。

我的情绪崩溃了，我歇斯底里地扯着喉咙，用我能想到的所有脏话骂他，我其实是在骂自己，骂自己下贱，骂自己因为这个烂人差点毁掉一生。

骂累了，我又想笑，我真的像一个疯子一样蹲在楼顶的边缘，又哭又笑。

当终于有人把我从雨台拉出来的时候，我整条腿都僵了，我的后脑勺重重地磕在水泥地上，疼得要命。

发生这么大一件事情之后，我在这个学校肯定是呆不住了。父母也知道了这件事情，他们给我办了一年休学，然后把我带回家。虽然他们嘴里不说，但我知道他们嫌我给他们丢人。他们把我送去看心理医生，甚至还把我送到精神病院去。

我在精神病院足足看了一年，没有毛病也看出毛病了，精神没见好，喝药倒是越来越多，后来两三瓶的量对我根本不够，越喝越上瘾。

等一年后回到学校的时候，阿坤已经毕业了，小嘉和我以前的朋友现在都在读高二，而我仍旧还停留在高一。

我开始交新男朋友，他们肯定都听说过我以前的传言，背地里都叫我“公交车”，那我也没必要装纯，同时交几个男朋友也没什么关系。

但谈恋爱也变得这么无聊，我想我有部分东西肯定被阿坤带走了，不然为什么心里总是空空的。

等到我发现自己怀孕的时候，问题出现了，因为我不知道这个孩子的爸爸是谁。

我当然可以自己把孩子打掉，但问题是自从我出了问题之后家里就严格控制我的生活费，我没有打胎的钱。

我随便挑了一个曾经和我上过床、看起来稍微老实一点的男生，把检测报告扔到他面前，问他要钱。结果他只瞥了一眼检测报告就说："这么容易就怀孕了，那我不如直接去医院配种算了，谁知道这孩子是谁的，别拿我当冤大头。"

我终于明白男生是个什么东西，好，那我不依靠任何人，我要把孩子生下来，我还要把他带大，只靠我自己！

我就不信非得要一个男生才活得下去。

我带着身上仅有的一点钱，去东莞找我的堂姐。她在那里开了家酒吧，我觉得自己可以在那里打工，等挣到钱就能把孩子生下来。但我把事情想得太简单，刚到堂姐家不久我就出事了，我喝药喝得太多，最后昏倒在堂姐家里。

等我醒过来的时候发现已经在医院里，堂姐也知道了我怀孕的事情，并且通知了我爸妈，他们正火急火燎地往东莞赶。但最令我绝望的是医生对我说，因为喝药过量，我肚子里的孩子不能要，只能打掉。

我爸妈因为这件事情气得要命，但是因为我身体不好，他们也没多说什么，而且他们还要应付来自医院其他人的闲言碎语，那段时间他们连正眼都懒得瞧我。

因为怀孕不久，医生建议我用药流。在签完同意书后，他交给我一颗小小的白色药片，只要吞下去，肚子里的孩子就会没有了。

这么神奇。我仔细看着手掌里那枚药片，心想原来要杀死一个生命这么简单。吞下去，之前那些美好幻想就都不再存在了。

我闭着眼睛把药吞了下去。

事先医生就告诉我会很疼，所以我躺在床上牢牢抓住床单。果然，只一会儿，一阵剧烈的疼痛就上来了，那是我以前从来没有经历过的痛，好像肚子里有台搅拌器，有无数把刀，它们搅动撕扯，不到血肉模糊决不罢手。我把床单抓得越来越紧，汗水哗啦啦从头上流下来，牙齿咬得喀喀作响，不一会儿，就感觉整个床单都被汗水浸透了。

最后，一团血肉模糊的肉团飘浮在马桶里，护士嫌弃地说："你自己冲掉它，我们是不会帮你冲的。"我又看了一眼马桶，接着飞快地按了冲水钮，因为我自己都不相信那团肉团就是我肚子里的孩子，给我带来过希望的我的孩子。

我对不起他。

其实有时候，我会想如果回到过去，还没有认识阿坤的日子，阿坤永远也没有在我生命里出现过，那该多好。

因为现实让我感觉越来越痛苦，每次走进学校，我都忍不住全身发抖，我感觉其他人都在注视我，他们围成一圈讨论我，在背后嘲笑我。

我在学校里找到一间接近废弃的厕所，只要有机会，就躲在那里，躲在那里抽烟、自残、哭，躲在那里喝联邦。

那天，我依旧在厕所里喝药，喝到第四瓶的时候开始飘飘欲仙，但没多久，自己就又哭了起来，情绪变得暴躁不安。我急匆匆地翻出书包里的刻刀，开始对着自己的手腕划，那里密密麻麻都是伤口，一刀下去皮开肉绽、鲜血淋漓，血一直顺着手指不停地淌在瓷砖上。痛。我又喝了一瓶药，感觉好多了，我被一种特别舒服的感觉包裹着，我一鼓作气地又喝下了第六瓶。

飘飘然间，我把刻刀举得高高的，然后朝手腕狠狠地割下去，鲜血像高压水枪一样一下子喷得老高，喷在厕所的门上，也染红了我的校服衬衫。慢慢地，我从马桶上滑到了地上。身体靠在厕所狭窄的隔间里，眼前突然出现了好多幻觉，阿坤、小嘉、小时候那些一起玩的朋友，他们一个个出现在我的面前，甚至还有我的孩子……

我挣扎着从书包里掏出一张片子，那是我肚子里的孩子的B超照片，我一直留着它，让它提醒我曾经亲手杀死过一个生命。

在照片上，它那么小一团，好像好容易就会被冲走。

我渐渐失去了意识。

等我醒过来的时候，发现自己又躺在医院。

爸爸妈妈、舅舅舅妈、表哥堂姐全都围在我身边，爸爸一直抓着我的手，见我醒过来，他一下子就哭了。

这是我第一次见他哭。我看见他老泪纵横的样子一瘪嘴也哭了起来，最后我们一家人都哭了。

还好我没有割到大动脉，但是失血过多，晚送来一步就没命了，我也算是在地狱门前走了一趟。

住院的这段时间，我家的一大帮亲戚轮流照看我。她们怕我再想不开，但我似乎已经看开了，如果这么都还死不了，那应该就是老天不愿意让我死吧，那我活着应该还有要完成的事情。

由于长期喝联邦，医生检查出我换了低钾血症，如果再继续喝下去，将来可能会无法行走；我的大脑中枢系统也受到了破坏，记忆力飞速下降，特别容易累，动不动就想要睡觉。

我发誓，打死我也不会再沾这个药。

在我出院回到家里的那个晚上，我看到妈妈躲在厕所里一边使劲搓我带血的校服一边哭，我的眼泪又哗啦掉了下来。

我真的是猪啊。

这段时间里，我真的是哭了太多次。

就算失去阿坤的时候，也没有像现在这样爱哭，我好像懂了点什么，但要说，却又说不明白。

但我至少明白一点，那就是在接下来的日子里，我一定会好好地努力地活下去。

更多是责任，无所谓勇气。

雪漫记录·面对面

Ⓠ饶雪漫
Ⓐ阿　不

时间：2010年8月2日　地点：夏令营驻地——北京奥亚酒店

Ⓠ饶雪漫：阿不好。

阿不：雪漫姐好。

Ⓠ饶雪漫：首先我想知道你有没有遵守誓言，戒掉了联邦？

阿不：我真的戒掉了，从自杀那一次之后就再也没沾过它。

Ⓠ饶雪漫：那现在不开心的时候，怎么调节呢？

阿不：嗯，不开心的时候我会想，反正那么多人都会不开心，他们也没喝药，我为什么非得喝药不可。

Ⓠ饶雪漫：戒药之后，身体状况恢复些了吗？

阿不：还是有症状，因为之前实在喝得太久了，不过我相信肯定会慢慢调整过来的。

Ⓠ饶雪漫：你知道吗，其实我很怕有人看到你的故事，因为好奇心驱使，也去喝联邦。

阿不：千万千万不要！我很后悔接触到这个药，它给我留下了很多后遗症，而且戒的过程也十分痛苦。我现在回头去看那段时间觉得很耻辱，也很后悔。

Ⓠ饶雪漫：其实就是要先学会自爱，才能去爱他人。

阿不：对。

Ⓠ饶雪漫：在你和阿坤在一起的时候，你好像并没有学会自爱。

阿不：因为那时候我太爱他了。

Ⓠ饶雪漫：为什么呢？

阿不：可能是他让我觉得很新鲜。因为我的家庭情况不错，家里人都宠着我，但阿坤是很霸道的，我那时候觉得这就是个性吧，和我以前认识的人都不一样。

Ⓠ饶雪漫：他那样对你，你都没有怀疑过他其实不喜欢你么？非得等他自己说出口你才死心。

阿不：那个时候在他面前我很卑微，只要他在我身边，我做什么都愿意。

Ⓠ饶雪漫：这样的感情很畸形。

阿不：是的。我很后悔，觉得自己为此几乎付出了所有，但换来的却是屈辱。

Ⓠ饶雪漫：现在呢，有男朋友吗？

阿不：有。

Ⓠ饶雪漫：是个什么样的状态？

阿不：很平淡，也许经历了阿坤，对爱

情有些失望了。但现在这个男朋友人很好，和他在一起感觉很自在，他也想帮我从过去的阴影中走出来。

Q 饶雪漫：对未来有信心吗？

阿不：有的。其实我觉得时间是个魔术师，虽然离上次自杀还不到一年的时间，但现在我已经完全不同了，所以我相信以后一切都会好起来。

Q 饶雪漫：你父母给我的感觉是，他们很宠你，但却不知道你心里在想些什么。

阿不：对。主要是他们太忙了。

Q 饶雪漫：你们平时会沟通吗？

阿不：很少，而且人长大一点之后，很多事情也不愿意跟父母讲。

Q 饶雪漫：那次自杀之后呢？有没有和父母聊过？

阿不：聊过，但很多事情还是瞒着他们，我爸爸对我要求还是挺严格的，我怕他听了我做的那些事情会崩溃。

Q 饶雪漫：那你打算永远都不跟他们讲么？

阿不：也许以后会吧，等我再成熟一点，我怕现在跟他们讲不但他们会崩溃，我自己也可能会受影响。

Q 饶雪漫：其实，如果他们多参与一下你的生活，你也许不至于做出那么极端的事情。

阿不：嗯。雪漫姐，不瞒你说，我有段时间很恨我家里，因为我觉得正是因为他们那么宠我，我才会那么迷阿坤。爸爸妈妈总想把我保护起来，关在一个温室里成长，我不乐意才和他们对着干，想要逃出来。

Q 饶雪漫：这种叛逆其实很常见，很多人和你一样，但他们都没有走到你这一步。

阿不：嗯。

Q 饶雪漫：所以，也许你的家庭是有问题，但也不能把问题全部推到父母身上。

阿不：嗯，我知道，说到底，还是我自己的问题。我没有准备好长大，没有想到在自己身上会发生那么多事情，我有点被现实打得猝不及防。

Q 饶雪漫：以后要好好加油哦，一切会好起来的。

阿不：谢谢雪漫姐，我一定会努力。

雪漫记录·印象

阿不给我的第一印象并不显眼，她看起来好像对夏令营组织的一些活动兴趣不高，玩游戏的时候经常是坐在角落里，和与她同来的阿丹说话。因为两个人聊天的时候都是用粤语，所以其他人都无法加入。

后来阿不在跟我讲述她的故事时，如同她给我的第一印象一样，神态、语言都相当的淡定。讲到自杀的地方，她竟然抬头发了一句很搞笑的感叹：这故事怎么这么惨？好像这个事情是发生在别人身上似的。

夏令营里，我们让跟营作者艾左左负责照顾她和阿丹。左左一开始就告诉我，她有点担心和阿不不好沟通，因为她看上去有点冷冷的。但我笑着给她打了包票：绝对不会。果然，很快左左就和她打成了一片。我并没有告诉左左我为什么这么笃定，其实是因为一个很小的细节，一次阿布走进餐馆时，为了让后面的人不被自己扬起的门帘打到，进门之后还抓着门帘。

所以我相信只要对她付出真心，她必定会回报你更多温暖。

夏令营开始几天之后，营员们都已经熟络了，阿不也终于融进了集体。在一次做心理游戏时，她身边的一个女孩因为想起了以前的一些事情而痛哭，阿不搂着她的肩膀，小声地安慰，最后两个人抱在了一起。

那一刻我真的觉得她很可爱。

阿不是个很怕给别人添麻烦的人，她虽然已经戒掉了联邦，但烟瘾还比较大，但在全程禁烟的夏令营中，她没有抽过一支烟。那几天天气比较热，夏令营有一些像爬长城之类的户外活动，她也没有半句怨言。

她习惯把自己藏在人群里，既不醒目，也不黯淡。看着现在的她，很难想象她曾经在全校师生的注视下，差点从楼顶一跃而下。

我问她，她说大概自己成熟了一些，现在考虑事情不会再那样极端。

“极端虽然看起来很爽，但很容易伤害到自己。”阿不说。

说完，她就兀自笑了起来。

后来……

夏令营结束之后，艾左左给我送来一份神秘礼物，那是她在夏令营快要结束的一天晚上，拿着DV逐个敲开营员们的房门，记录下来她们的笑容。

大家在镜头前肆无忌惮地做鬼脸说笑话。当镜头面对阿不的时候，她也绽开了很好看的笑容，像是能慢慢融化掉一切的笑容，那一刻，我突然觉得辛苦组织这个夏令营很值得。

抛弃成长中的伤痛，学会微笑着成长，这也许就是我想通过这次夏令营传递给大家的吧。

而我最想对阿不说的是：总会有那么一个人，真正欣赏到你的美丽。

王卫民：北京师范大学教育培训中心心理咨询中心咨询师
夏令营跟营心理辅导员

对药品的依赖，是对人生的疏离

阿不的故事，向我们展现了目前青少年中令人担忧的药物依赖现象。她所喝的“联邦”是种传统临床的镇咳药剂，现已经被世界卫生组织和我国药品监督管理部门严格规定为处方药。

我的心理咨询工作室也曾经接待过很多青少年滥用药物的案例，从表面上看，这些孩子都是在经历一些情感或生活的挫折之后转向了药品，但我认为，青少年滥药现象的日益严重，其根源还是来源于社会和家庭。

在过去十几年的时间里，我们的社会环境和家庭形态发生了很大的变化。曾经父母与孩子之间紧密的联系日渐被一种疏离的关系所取代。父母对孩子的关注、爱、认可和欣赏，能为孩子的成长提供一种正性“刺激”，让孩子肯定自己的价值，找到自己的位置，但现在，越来越多的父母不能做到这点，他们要么忙于生计，要么陷入家庭纷争而忽视孩子的成长。父母的忽视与疏离衍生的孤独与空虚感牢牢地“抓住”了孩子的心灵。

“刺激”不足使孩子们把目光投向了性爱和药品，并慢慢对它们形成依赖。

阿不的故事也是如此，忙于做生意的父母给了她足够的钱，却对她在成长中的困境一无所知。没有人告诉过阿不“恋爱的失败不会是世界的末日”，没有人对她说“自我的尊严价值胜于爱情”。阿不转向药品中寻求刺激，在麻醉的状态中，体验着无所不能的世界。让我们感到庆幸的是，她已经决定从这个世界中走出，做一个更坚强、更理智的自己。

DUDE,
YOU ARE MEAN
同学少年
都很贱

女生档案

姓名：小败
城市：吕梁
年龄：17岁
星座：天蝎座
成长关键词：乡下妞，捅人，王子侨
个性签名：我希望在忘掉你之前先忘掉我自己

女生自白书

如果要我说出一个我最讨厌的人，不是别人，就是我自己。

我是个乡下人。我妈妈在家做农活，不过她长得漂亮，是村里有名的美人。我爸爸给镇上的一家煤矿当司机，说话粗鲁，声音洪亮。比起同龄的孩子，我的家境还算好的。曾经的我是个懂事出息的乖小孩。我在学校听老师的话，当班干部，成绩好，经常拿满分。大家都说小败长大一定有出息。我爸妈对此也是深信不疑的，他们从不让我碰什么农活，让我念好书就行了。我每天走在黄沙漫天的土路上，看着拉煤的拖拉机从身边“哒哒哒”地过，我觉得自己以后一定能走出这贫穷肮脏的小镇，心里充满了希望。

小学毕业后，我爸妈决定把我送进城里的一所中学上学。虽然那所中学在城里只算一般，但对我一个乡下妞而言已经是高不可攀了，而且我家有个亲戚在那所学校当老师，平时也能关照关照我。

我很喜欢新学校，但遗憾的是，新学校好像不太喜欢我。

学校那个亲戚是我妈的表哥，所以我叫他表舅。我没有分在表舅的班上。他平时在学校里遇见我会问我一些学习上的事，也会向老师打听一下我的情况。如果我周末不回家，就会被他叫去家里吃饭。他有个女儿，比我大几岁，已经上高中了。每次见到她，她对我都是一副爱理不理的态度。我那个表舅母还有洁癖，每次去他们家，她都会让我在门外掸一下衣服上的灰，可我身上其实并没有灰。也许在她的意识里，我每次都是从那个风尘仆仆的乡下过来的吧。有一次我进去后，她还朝我的背上突然喷了一下空气清新剂。后来，我没什么事尽量不去表舅家，在学校也尽量避免碰到他。

比起在表舅家得到的这种待遇，我在学校里也没有好到哪儿去。因为自卑，我在班上话不多。同学们也常常当我不存在。我以前在村小的成绩是数一数二的，来到这里，只在班上的中下游徘徊。就算有一个远亲在学校当老师，我依然不可能得到老师的重视。老师的重视度会直接表现在排座位上。成绩好的往前坐，成绩差的往后坐。后来，我就坐在了教室后排的角落里了，跟一群不学无术成天嘻嘻哈哈的人呆在一起。

过去的辉煌，早成了过眼云烟。

爸妈每周给我50块钱生活费，这只够我在学校吃饱饭。我没有好看的衣服，感觉自己总是灰头土脸地埋没在人群里。那些很时尚的城里的女同学，我总是有意跟她们保持距离，我心里很自卑，总觉得她们瞧不起我，看我的眼神不是嘲笑就是不屑。

唯一值得欣慰的，是我知道自己漂亮，在班里的女生甚至全校的女生中，我都算得上是好看。跟我同样坐后排的那几个男生总是小美女小美女地叫我。

我的同桌宋欣是个挺男孩子气的女生，她还认我当了她的“老婆”。可以说，在进初中后的那段特别有孤立感的日子，我还是有几个哥们姐们的。

加入了他们的那个小圈子，我便不再害怕那些常无端给我脸色看的女生了。而我还是想把自己的学习成绩提起来，有时候他们叫我去玩，我都会找一些借口推掉，然后一个人悄悄看书。但是我的勤奋并不能很快就将我薄弱的底子补起来，成绩还是在中下游徘徊着。

那时的我很希望有个人能鼓励我一下，因为我真的很怕自己就这么自暴自弃了。可这时，我的那个表舅却跟我爸妈讲我在学校里不好好学习，平时都不怎么能见得到我的影子，说我成天跟班上几个不三不四的学生混在一起。

周末回家之后，我爸狠狠地打了我一顿。我从小到大几乎没挨过打，那时，我真的好恨我爸妈，他们根本不懂我在外面上学的艰难和辛苦，而且他们宁肯选择相信那个根本没有真正关心和了解过我的亲戚，而不是他们的女儿。

打过我之后，我爸妈把我的生活费从50块降到了40块。本来50块钱就只够我吃饱饭，现在40块钱吃饱都有点困难。而我爸妈认为就是因为我手里拿着钱，才会不思学习，跟人在外头混。我含着眼泪朝他们大吼：“你们知不知道我们班女生去发廊剪个头发都要50块钱，你们以为50块真的很多吗？”

我说完这话，其实心里是很内疚的，因为50块钱对于我爸妈来说，真的就很多。我妈要卖100个鸡蛋才挣得到50块，我爸要拉两车煤才能挣到60块。但是我爸妈听到这话后就觉得我变了，变得虚荣了，变得不听话了。

我的叛逆心一下子就被激起来了，那周我一分钱都没有拿便回学校去了。

而我一周的饭都是宋欣请的，星期五下午她对我说：“我一个二班的哥们儿过生日请客，你跟我一起去吧。”我本来想说我要回家的，可是一想爸妈连我一周的生活都可以不管，于是便一横心答应了下来。

放学后我们没有直接去饭局。宋欣带着我跟好几个高年级“太妹”去了旁边的一所中学。那是我第一次看见女生打架以及勒索要钱。一个打扮很洋气、长得也不错的女生被我们堵进了女厕所里，“听说你嚣张得很是吧？”我们这边一个最高的女生把她搡到墙上，“你敢对我动手，我就跟XX说！”那个女生倒不是特别软弱。宋欣和她们抢了她的钱包，然后把她的头按进水槽里，并开了水龙头，自来水哗哗地浇在那个女生的头上。宋欣叫我：“小败你也来，扇她两个耳光，你看她刚才把水都甩到你身上了。”

她们抓着她的头发把她按住了，然后让我动手。那并不是我第一次打人，但确实是我第一次打一个跟自己完全不相干的人。我知道自己现在不可能说“我不干”，正犹豫着那个女生突然恶狠狠地瞪着我：“你敢动我！你个贱人，你个乡下人！”

那是我最讨厌的嘴脸，那种趾高气扬的优越感，她以为她有多了不起吗？我狠狠抽了她一个耳光，然后往她脸上吐了一口唾沫：“老子打的就是你！”

那场架打得可谓是酣畅淋漓，我第一次感觉以强敌弱是那么地爽快。“学姐”把抢过来的钱分了我和宋欣100块，我俩去服装店买了套情侣装穿上，走在大街上感觉自己特别洋气。

过生日的那个男生很有钱，我们在火锅店吃了饭，又接着去了城里最好的一家KTV。虽然我以前没去过KTV，但那些流行歌曲我基本都会唱。我和那个男生还合唱了一首《今天你要嫁给我》。他们都起哄喊“嫁给他，嫁给他”，宋欣就搂着我：“小败是我老婆！”

包间里的男生女生都点烟抽，一片烟雾缭绕。抽烟的都不是好学生，这是大多数人的思想，我也是这么认为的。可当他们问我抽不抽烟时，我说“抽”，因为我已经跟他们在一起了，我不想跟他们不一样。

我是星期六上午回的家。爸妈也不提生活费的事，我就说：“我饿死了你们都不管的是吧？”我妈还自以为聪明地说：“你没钱肯定会去向你表舅借，或者去他家吃，还能饿死？”

他们就是那么信任着我的那个表舅。星期天晚上返校的时候，他们让我把一块腊肉还有一包木耳给表舅带去，而我后来则将肉和木耳“哐啷”一声扔进了学校的垃圾箱。

他们以为我那个表舅会稀罕吗？真是笨得可以！

报应很快就来了，期末前的最后一次月考，我考了全班倒数十名。

宋欣对我说：“别难过了，他们都是作弊。”我挺惊讶的，问：“你怎么知道的？”然后她就笑了，“因为我也作弊啊。”

是啊，宋欣几乎不怎么好好听课，作业都是抄别人的，她居然还考到了三十多名。“就是用手机发答案呗。放心，期末考试的时候我们会让年级前三给我们发客观题的答案，保你能考进全班前二十。”

听了她的这番话，我心里立刻好过了许多，我想自己的成绩其实并没有好差，而且如果期末真的能拿个好名次，我还能给我爸妈一个交代。

而当务之急是要买个手机才行。

从那时起，我便开始了向父母的撒谎。我总是说要交补课费，要交资料费，说我要参加什么补习班。我爸妈一听是用于学习的，都会想办法把钱弄到我手里。朝父母撒谎，我心里真的很难受，但是我想，我只是不想把那个不公平的名次拿给他们看而已。

但我很快就迎来了第二顿毒打。我爸妈打了电话问我表舅是不是我们最近交了很多补课费之类的，我表舅对他们说，学校从来不准收什么补课费资料费的，说我骗家里钱还不知干什么去了呢。

我爸打了我之后，我很坦然地告诉了他们："因为我想买手机，你们肯定不会给我买，所以我只好骗你们，同学们都有手机。"我妈还是心疼我的，她说："你要是想买啥，直接跟我们说吧，以后别撒谎了。"

我看见了我妈的眼泪，于是把怀里揣的为买手机攒的钱都抖给了他们，"我不买了，你们拿回去吧。"

我心疼我的父母。但我也恨我的父母。

我为什么要生在这么贫寒的一个家庭？我为什么就不能穿上名牌衣服，不能用上手机，不能去学钢琴小提琴，不能去高级的餐厅，不能举办生日party？

我那个表舅的女儿，手机都换了好几个了，上次去她家时还看见她坐在沙发上摆弄她新买的MP3。

我深深感到了父母眼里对我的失望，而我对自己也早已失望了。我把这一切都归于自己的命运。我觉得自己的成绩是好不起来的了，我很想堕落。

后来我跟那次开生日party的男生好上了，是宋欣给我们搭的桥，"让他送你东西呗，反正他有钱。"

那个男生叫许朗，我跟他交往没多久他就送了我一只LG的新款手机。送我的时候，手机里面只存储了一个联系人，被命名成LG，后面是他的号码。后来我一直都叫许朗老公。

我也不知道自己喜欢的是许朗，还是喜欢他的钱，但是自从跟他在一起之后，很多女生都非常羡慕甚至嫉妒我。宋欣喜欢的是许朗的一个哥们儿，甚至还为他打过架，但是那个男生并不喜欢她。他亲口对我说过，宋欣长得不漂亮，带出去没面子。所以我知道，许朗会跟我在一起，不过也就是我长得挺漂亮，而且愿意跟他上床。

我其实挺同情宋欣的，但是看见她还是会为那个她喜欢的男生鞍前马后的，就会在心里有些瞧不起她。她根本不明白男女在一起不过就是各取所需而已。但宋欣在学校里慢慢混得越来越开，高年级的那几个太妹毕业以后，她可以说就是学校女生里的大姐大，而我是她“老婆”，同样也没有人敢得罪我。

有了手机，考试我不用再担心了，到时候自然有人给我传答案，我的名次不会特别差。虽然我知道那不是我的真实成绩，但是我同样觉得很有成就感。我时常用虚假的分数麻醉自己，觉得自己就算不作弊成绩也不会差到哪里去。

我跟许朗交往了一个学期就分手了，他不只有我一个老婆，这在我跟他交往的时候我就知道。但我知道我要再找个男朋友也不是什么难事。没什么了不起。

我经常跷课，周末放了假也不回家。表舅刚开始还会给我家打报告，后来也不怎么再管我了。而我爸妈则慢慢管不了我了，他们不给我生活费也没关系，我总能搞到钱花，男朋友给，向人“借”，都行。他们打我也没有用，打我一次，我就一连几个礼拜不回家，他们后来都不敢再对我动手了。

初二那个寒假，我们家很多亲戚聚在一起过年。在谈到小一辈时，话题的中心第一次不再围着我转了。他们谈我某个表弟考了第一名，某一个堂姐考上重点高中了，不小心提到我时，就只会客套一句：小败倒是越长越漂亮了，像她妈年轻时的样子。

那时我才发现，我的父母不知何时已经白了双鬓，我妈的眼角有了深深的鱼尾纹，我爸的手粗得跟老树皮一样。

我很难过。但是我觉得，我没有变成他们期望的那样，并不是我不努力，而是命运就是那个样子。我只是想让自己好过一点而已。我不想卑微地、不公地活在那个他们不了解的世界里。

那些日子我真的是过得很high，和一群人彻夜呆在空气污浊的网吧或台球厅，饿了就泡一碗方便面或者吃路边的烤串，看哪个不顺眼就教训一顿，抽烟不过瘾就“溜冰”，学业什么的，全都被我干干脆脆地抛到了脑后。

高一下学期的时候，班里转来了一个男生，名字叫王子侨。王子侨长得很帅，成绩还特别好，毫无疑问，这样的男生一下子就吸引到了全班甚至全年级女生的目光。

这个时候的我已经不是刚入学时的那个打扮土气，每天都自卑地耷拉着脑袋的贺小败了。我有时候会故意找些理由去接近他，比如问他点问题，或者借点东西什么的。我喜欢王子侨，我好想成为跟他一样的人。

最想成为他的女朋友。

王子侨对我不算坏也不算好，就跟普通同学没什么两样。后来我从一个跟王子侨关系很好的男生那里打听到，他喜欢我们班一个名叫路娜的女生。

路娜和他真的挺般配，他们是一类人，是那种不论走在人群里，还是在成绩榜单上都能让人眼前一亮的人。我真的很嫉妒路娜，如果她是那种很骄傲的“贱女生”的话，我一定会找人修理她，可是她人真的挺好，也不爱出风头，说话做事总是客客气气的。我底气上就比人家输一大截。

后来我选择跟她做好朋友。我努力把她拉进我们的圈子，帮她各种忙，我知道她很多时候都不愿意或者为难，但我还是很坚持。比如该她打扫公共卫生区时，我就会请宋欣叫人去帮她打扫；她在学校文艺汇演上有活动，我们就会组织一群人当她的拉拉队和粉丝团，在下面欢呼喝彩之类的。我的一片苦心终于换来路娜对我的信任，如果她知道我这么做完全是为了王子侨，不知道会不会恨死我。

王子侨对于路娜跟我们走这么近其实并不高兴，有好几回他要约路娜去哪里哪里，我都会跟他抢人，而路娜一般都会站在我这边，我其实并不确定是路娜真的和我就那么要好了，还是她不敢得罪我。每次看见王子侨失望和难过的样子，我心里都会涌上一股变态的快感。

我们带上路娜出去疯。她本来就是个很漂亮的女生，所以特别受男孩子欢迎，可我一点都不介意她会抢过我的风头，连宋欣都说，我大老婆现在已经见异思迁了。我看着路娜和我们一起跷课，一起在外头游荡，一起轮抽一根烟的时候，心里就会特别爽快。

老师后来发现她跟我们这群“混混”走得很近，曾在班上毫不客气地训她：“别天天跟一群不思进取的人搅和在一起，你跟他们不一样。有些人自己也要注意点。”我知道这些话是说给我们听的，尤其是说给我听的。我觉得我的嫉妒已经开始慢慢转化成恨意。

我越恨她，我就越对她好，让她变得和我相似，让她觉得亏欠我好多。有个喜欢王子侨的女生给王子侨送了一顶耐克的帽子，于是我们就在那个女生回家的路上把她截了下来。我们打她耳光，脱她的衣服。我把她想象成路娜。

而路娜就站在我身后，颤巍巍地看着这一切。

我的付出没有白费。王子侨第一次主动来找我，是在一节体育课的自由活动时间。他说："我知道你跟路娜关系好，老是约她和你们一起出去玩。路娜是那种乖乖女，虽然她什么都没有对你说，但是她已经在家挨了她爸妈好几次打了。为了不把功课落下，现在她每天晚上都要学到12点多。你是她好朋友，要体谅她哦。"

他说话的声音特别温柔，笑得特别温暖。可这份温柔和温暖并不是为了我。我冷冷对他说："我跟路娜怎么样，跟你有半毛钱的关系吗？"

我跟王子侨的关系因为路娜而变得恶化起来。因为有人告诉我正是王子侨告诉了老师我老缠着路娜的事。后来每次相遇我们都不打招呼，我叫上路娜出去玩，他直接走到我面前就把路娜给拽走了。宋欣说："王子侨这是打算要追路娜吗？"我说不知道，回头我问问路娜吧。

后来我直接问路娜："你喜欢王子侨吗？"路娜有些不好意思地摇了摇头："我对王子侨没什么感觉啊，只是觉得他人还挺好的，可是你怎么好像挺讨厌他的样子？"

是啊，我干吗讨厌他？我讨厌的应该是你，我好好对待的应该是他。现在乱成一锅粥，根本就不是我的初衷。

那段时间我非常低落，我同时交往了好几个男生，我想拼命忘掉王子侨，我还幻想王子侨有朝一日会走到我面前告诉我，其实他一直喜欢的都是我，而我则狠狠地羞辱他，嘲笑他一番，只有这样，我想我的爱和恨才能得到解脱和释放吧。

但这纯粹只会是我的幻想。现实是我在旁人眼里越来越堕落，已经有人在我背后叫我校妓。我每天都在重复着昨天的日子，也不知道自己的未来在哪里，只想混过一天是一天。我那个表舅再也没叫我去他家吃饭了，可我有时候就是想捉弄他们一下，不打招呼便直接过去了。

我不换鞋就大摇大摆地走进他们家去，看见他们难看到不行的脸色心里觉得很欢乐。现在的我化夸张的烟熏妆，穿豹纹高跟鞋，我觉得我比那个表姐漂亮无数倍。她撇嘴往沙发另一头坐过去，我就故意粘上去，让她把耳机分我一只听。我以为她会朝我翻白眼或者发飙什么，她却将整个MP3都塞给了我。人都是这样，欺软怕硬，就算他们在背后恶心我恶心得要死，当着我的面却不再像过去那样随便给我脸色看。我看着我那个表舅母想，如果你现在还敢往我身上喷一下空气清新剂的话，我就直接把空气清新剂抢过来喷进你的嘴里。

谁怕谁！

那年中秋节正好是个星期六，大家都回去跟家人过节去了，连街上好多店铺都早早打了烊。我这才想起自己已经好久没有回家一趟了。我拖着步子回了家，准备迎接父母对我已经冰冷麻木的目光。没想到开门后，我妈看见我回来了，激动地都快掉眼泪了，“小败你回来啦！”我随便“嗯”了一声，然后看见桌子上放着几碟平常的小菜还有一个保温饭盒。我没在屋里瞅见我爸，于是我问：“爸呢？”我妈这时故作轻松地说：“他啊，前几天在矿上出了点小事情，都好了，你不用再担心了。”听到这话，我心里突然就空了，我问我爸现在人在哪里，到底出的是什么事。我妈目光犹豫，吞吞吐吐。我逼我妈赶快告诉我，我妈这才含泪跟我讲，矿上规定一个人一天最多只能拉四趟煤，我爸为了能多挣点钱，就偷偷多拉一趟，结果跟其他拉煤的起了冲突，他们把我爸打得很重，现在还在镇上的卫生院躺着。听完这话，我立刻冲出家门朝卫生院跑去。我记得那晚的月亮特别亮，我边跑边哭，月亮在我的眼里全部都是重影。

中秋节，别人的家庭都在合家团聚，甜甜蜜蜜，而我爸只是因为想再多挣点钱，就因此伤痕累累地躺在医院里。我听见我妈在我身后叫我，让我等等她。她提着那个又脏又旧的保温饭盒，踉踉跄跄地跑在夜里崎岖的乡间小路上。我一直在前面跑，没有停下来等她。我一口气跑到卫生院，却没有进去看我爸，蹲在卫生院的一个黑暗的墙角，把头埋在膝盖里狠狠地大哭了一场。

我觉得我难受得像快要死掉了一样。

自从家里出事以后，我的心里就变得一片死寂。我似乎对什么都不感兴趣了，我也不再纠结做个好女孩还是做个坏女孩这样的事。而后来发生了一件超出我预想的事情，它就像一块巨石一样扔进了我本来已经平静的心湖。也许正因为这份平静是我强行压制出来的，才因此激起了那一番惊涛骇浪吧。

路娜突然要转学了，而且是和王子侨一起。路娜事先一个字都没跟我提过。不知道为什么，我有一种强烈地被人背叛的感觉。过去我嫉妒路娜，但是我并没有伤害过她，而这时我才发现其实她不过是在给我演戏，她早喜欢王子侨了，她装柔弱装可怜，让王子侨同情她，帮助她，而坏人都让我一个人给做了。

我身边的人都觉得这两个人转学有什么好惊奇的，可只有我自己知道我内心有多么地愤怒和纠结。因为我喜欢王子侨。这个秘密我谁都没告诉。

我给路娜发了一条短信，我说："你都要转学了，怎么都不提前通知我一声啊，让我们给你践践行呗。"她说，其实她也没想转学的，是王子侨建议的，他们父母都相互认识，所以打算一起给他们转学。

我知道她的弦外之音，他们就是想离我远点。后来办转学手续时，王子侨回来了一趟，我问路娜怎么没来，他说可以代办，他帮她办了就可以了。我说我想见见路娜，王子侨说："你就算了吧，她跟你根本就不是一类人。"我问他那我是哪类人，他说："女孩子，还是注意下自己的名声吧，我怕了你这类型的女生了。"

当时我觉得，你可以骗骗我说，她身体不好来不了了，或者客客气气地道个别，我觉得一切也就这么结束了，可偏偏得到的是一场冷嘲热讽，而且来自一个我一直默默喜欢的男生。我扬手就给了王子侨一巴掌，我觉得我是怎么样的人，轮不到你来教育我。王子侨迅速地回了我一个狠狠的巴掌，我真的太没有想到了。那一刻我觉得我所有的理智已经被这前前后后的事情给耗光了，疯狂的血液全部涌上了头，恰好那时我怀里揣着一把小藏刀，是一个喜欢我的男生送我的，丧失理智的我拔了刀就戳向他的肚子……

后来学校里的人盛传，其实我跟王子侨有一腿，是王子侨劈腿喜欢上了我的好朋友路娜并要跟她一起转学，我才会捅王子侨。其实我真的好希望是这样一个版本，因为事实上是王子侨从来就没有喜欢过我，而且他非常地看不起我。

王子侨的肾脏被我捅裂了。我因故意伤害罪被判了三年，因为王子侨最后撤诉，缓期三年执行。我爸妈根本无法相信我会拿刀伤人。他们觉得，虽然我现在不听父母话了，成绩变差了，但我绝对是个心地善良的好姑娘，绝对不可能会拿刀捅人……我爸妈在法院里像小孩子一样哇哇大哭。我看着他们都快要年过半百，却对着那些趾高气扬的人哈腰求情，那一刻，我想我那颗冰冷坚硬的心终于碎了。

我真的好想和过去的那个自己告别。

我以为我捅人了，判刑了，身边的人就会离我远去，但现实情况是我在学校还有社会上结交的那帮人都觉得我拿刀捅过人真的特别牛逼，我仿佛因为这件事还得到了更多的崇拜，好多人都把我传得神乎其神。我想世事就是这么的荒诞。

虽然我被缓期执行，不用坐牢，但是我还是被学校劝退了。

我爸妈想把我转回我们镇上的中学，我同意了，但因为早已"声名远播"，甚至还有人叫我"杀人犯"，那所学校也没有收我。后来我就不上学了，有时候蹲在家里，有时候就在外头游荡。跟我要好的那帮人有的接着上高中，有的也出来混社会。无所事事的我就依然跟他们那么混着。

我爸妈看我就这么混着也不是个办法，让我去学一门技术，后来我就去了一家发廊当学徒。有一天我在理发店看见了一个熟悉的身影，是路娜。那一刻我特别不想让她看见我现在的样子，我跟店长连招呼都没打就从后门跑掉了，一路跑回了家。我又走在那条黄沙漫漫的土路上，我的高跟鞋的鞋跟崴掉了一只，但我不能哭，因为一哭我的眼妆就花了。我记得当年我是多么信誓旦旦地走在去城里上学的路上，而如今，我是哭花了一脸的妆，一瘸一拐地往家走。

我真的好想把过去的那一切都撕掉，然后重新开始，但是我知道，一些记录在档案上还有记录在心灵上的东西，这一辈子都不可能再抹去了。我不期待任何人会理解我，可怜我，同情我，因为我是个真正的坏女生，我不值得理解、可怜和同情。我想等这三年缓期过后，可以逃离我现在的这个生活环境，去一个没人认识我的地方一个人生活。

那么我也许还可以鼓足勇气，原谅我的17岁。

雪漫记录·面对面

Q 饶雪漫
A 小　败

时间：2010年7月29日　地点：夏令营驻地——北京奥亚酒店

Q 饶雪漫：小败你好。

小败：雪漫姐好。

Q 饶雪漫：为了来这次夏令营，你也费了很大的劲，能不能先告诉我，在夏令营有收获吗？

小败：还行吧，周围的人都挺好的。

Q 饶雪漫：但好像有营员不太喜欢你。

小败：是吗？不喜欢就不喜欢呗，又不可能让每个人都喜欢。

Q 饶雪漫：你有没有想过他们为什么不喜欢你？

小败：拜托，女孩想这么多会老得很快的。

Q 饶雪漫：他们说你阴晴不定，不知道你下一分钟会做出什么事情。

小败：呵，怕我再拿刀捅人么？

Q 饶雪漫：说到这个，你是一个做事情之前会很少考虑后果的人吗？

小败：说是也是，说不是也不是，看你从什么角度看了。

Q 饶雪漫：什么意思？

小败：意思就是表面上看起来我脾气比较暴，火容易一下子就冲上来，但那都是因为受了别人的刺激。如果没人刺激我，我觉得自己还是一个很能控制情绪的人。

Q 饶雪漫：你的意思是持刀捅人的事情，是因为王子侨刺激你了？

小败：是的，很多女生处在我当时的位置可能会做得更过分。当然更多的女孩会一个人躲在家里哭。当时我已经很久没哭过，快忘了哭是啥感觉了，正好兜里有把刀，就捅过去了。

Q 饶雪漫：我感觉那把刀也许不完全是无意放进兜里的，你也许想到过这个后果。

小败：我的确想过捅他，但那只是万不得已的选择……其实都不算是选择，只能算是赌气。结果没想到真成了这样的后果，还把他伤得这么重，我也懵了。

Q 饶雪漫：你还记得事情发生那一刻心里在想什么吗？

小败：空白。其实是完全懵了，王子侨被捅之后，几乎整个身体都压在我身上，我一点感觉也没有，只感觉到周围好多人，好多人尖叫，那一张张脸让我感觉好有压力，心里面特别害怕。

Q 饶雪漫：事情发生之后父母是什么反应？

小败：打，狠狠地打，打到最后我们一

起哭。

饶雪漫：父母其实为你付出了很多很多。

小败：嗯，我知道，我让他们失望了，但我会补偿回来的。

饶雪漫：用什么方式？

小败：我会赚钱，我不会一直呆在那个地方，我一定能让父母过上好的生活，不管用什么方式。

饶雪漫：你父母也许只希望你有快乐的生活。

小败：我现在估计能嫁出去他们就很高兴了。我的确对不起他们，不值得他们再对我期望什么。

饶雪漫：有什么理想吗？

小败：我为什么要告诉你？

饶雪漫：因为我也许可以帮到你。

小败：不需要，我不需要别人的帮助，我不值得任何人来帮助我。

饶雪漫：其实你心里憋着一股劲，也许你在说刚才这句话的时候，心里想的是“总有一天我会出人头地”。

小败：（笑）我的确会出人头地，把以前受的屈辱都补偿回来。雪漫姐，你等着看吧。

饶雪漫：但是小败我要提醒你，要学会慢慢释放过去的你，一个人只有心里盛满爱，不是恨，才有机会成功。

小败：嗯……谢谢！其实夏令营给了我很多我早已认为不会拥有的东西，比如原谅、信任……我要好好想一想。

饶雪漫：是要好好想一想，但是最重要的一点你要永远记得打败自己内心的自卑，靠的是自己的努力，而不是其他外在的东西。

小败：……

雪漫记录·印象

为了参加这次夏令营，小败与我们都做了很大的努力，她还在缓刑期，要来北京需要经过一段复杂的申请过程，而我们也为她负担了全部的费用。这样做不止是因为小败早在夏令营开始几个月前便每天在QQ上催问方悄悄夏令营什么时候开营，还因为我也想亲眼见见这个女孩，想要给她一些真正的帮助。

第一次见到小败是在开营仪式前，在一群女孩中，我一眼便认出她来。她头发染成金黄色，在头顶绾了个结，上面还别着带水钻的发卡。当时正是北京最热的时节，她脚上却踏着一双高帮的红色漆皮靴子，其他女孩都躲在树荫下三五聊天，只有她一个人蹲在太阳底下，一双眼睛四处打量着陌生的北京。

也许是第一印象太过深刻，等到了这次夏令营营地鸟岛，见到穿着普通裙子、头发披肩的小败时，我反倒没有第一时间认出她来。虽然我记忆一向不佳，不过这次我有充分的理由，因为这两个小败的差别实在太大。

我后来渐渐发现，这两个截然不同的小败似乎的确一并存在她身上。搬到鸟岛的第一天，几乎所有营员都在抱怨飞进房间里的飞虫，只有小败安安静静地整理着自己的东西。可在进行户外拓展比赛时，她却因为队友的失误大发雷霆，甚至赌气一个人回了宿舍。

她时而安静得像小猫，时而暴躁得像公牛，也许正因如此，小败在夏令营里显得格外不合群，与她合住一屋的乔卡曾经悄悄对跟营作者果子李说，她害怕跟小败讲话，因为不知道她会说出什么话，做出什么事情来。

在心理拓展期间，我仔细观察小败，我发现她一开始脸上显得怯生生的，眼睛不断打量四周的人，等到后来，那种怯生生的表情已经不复存在，取而代之的是一种对外界微妙的不屑。

我心里笃定，这就是她，因为缺乏自信而总是用力地收集外界的信息，而等到收集结束之后，便会摆出一副“你们太幼稚”的高人一等的姿态。这个女孩心里，一定藏着许多故事。

我决定和她谈谈。

与心理拓展的时候类似，小败一开始声音轻轻的，好像是用树枝在湖水中试探，但随着谈话的进行，小败的音调也渐渐高了起来，动作也更加放松，谈到持刀捅人的段落，小败讲得眉飞色舞，仿佛完全忘了自己因为这一次冲动所付出的巨大代价。

其实我知道，她心里有很深的后悔，但越是这样，她越是需要用话语来掩饰。

和小败没聊多久，我便意识到这样的聊天是徒劳的，小败在我面前一定会“嘴硬到底”，于是我索性把她完全交给这次夏令营，两个人的聊天太过针锋相对，让她浸淫在整个气场里，也许会有出乎意料的效果。

果然，第二天晚上我接到小暖的电话，说出大事了，一问才知道，原来是小败哭了。

也许真的没有人想到小败也会哭。事情源自她与跟营作者那夏聊天，那夏毫不回避地跟小败说了她的看法，一个下午的心理拓展都没有掉泪的小败突然就恸哭起来。

这次小败哭得特别彻底，吓坏了所有人。后来我听说她在哭足半个钟头之后，去卫生间洗了把脸，出来反倒像没事人一样安慰起手足无措的小暖来。

那晚过后，所有人都能看到小败的改变。

她说话不再像从前那样阴阳怪气，也开始愿意参与到集体活动中，虽然时不时还会冒出几句尖酸刻薄的话，但让人感觉容易亲近了许多。

我知道，小败在之前的几天里，并没有找到她需要的东西，但从这时候开始，也不算太晚，当她打开心灵以后，随之而来的是大家对她的信任与关怀。

除了父母，这个世界不会有人义无反顾地对你好，但只要你付出真心与信任，便一定能收获到加倍的温暖。

夏令营结束前一天，我看到小败穿上了一双刚买的漂亮凉鞋，我这才意识到，她之前之所以天热还穿着靴子，可能因为她没有一双好看的凉鞋。

在从凉鞋里露出来的脚趾甲上，小败细心地涂了指甲油，一看便是花了许多心思，指甲油涂得特别均匀。

她不再自己待在一旁，和其他女生有说有笑。看到我，她脸上再次划过一丝怯生生的表情，但很快便绽放出明媚的笑容。

我分明能捕捉到她脸上显现出的那份依赖。

我知道，她开始依赖起我，依赖起这些来自全国各地的女生，依赖起跟营的作者、编辑、工作人员。

就像她与那夏之间，在那天被那夏说哭之后，那夏成了她最亲近的人——一旦她在内心接纳了一个人，那么她一定会毫无保留地信任她。

临走时，小败想和我开口说什么，最后却止住了。那一刻，我从她脸上分明看到她的自责和遗憾，她想对我坦诚，却因为自尊心作祟而选择沉默。她心里的两个自我仿佛正进行着艰难斗争，而那是只有她自己才能解决的问题。

没关系的，小败，总有一天，我们会再一次面对面坐下来，好好地聊一聊，就像最好的朋友那样。

后来……

从夏令营回去之后，小败给我写来一封长信。

也许她把那天没有说出口的话都用文字的形式告诉了我，与那次聊天不同，在信里，她没有渲染没有夸张，信里满含的她对父母的爱却轻易地打动了我。

她说父母以前最大的希望是她能考个好学校，将来能考公务员。在文化程度不高的父母眼中，公务员是能摆脱贫穷命运的最好方式，但因为这次伤人事件，小败永远失去了考取公务员的机会。

未来的路在哪里？小败倒是没有像我想象的那样悲观，她说一个小小发廊留不住她，她一定会到更大的城市去。

祝你好运！

王卫民：北京师范大学教育培训中心心理咨询中心咨询师
夏令营跟营心理辅导员

改变的力量存在于内心

在进入城市中学以前，在农村长大的小败是个单纯、原生态的女孩，从自己的淳朴生活方式中脱离，突然进入一个高度物质化的环境，她的不适应可想而知。

小败想要改变自己，融入那个排斥她的社会群体，这一愿望是迫切的。然而，她采取了一种过于简单、会被所有人一眼看穿的方式，试图用自己的身体、有限的情感资源进行一场不等价的交换。和“混混”们交往、考试作弊、交一个有钱的男朋友——这一切都并不能改变小败的命运。王子侨的拒绝，让小败终于意识到，自己即使穿戴上流行的品牌，使用着和城市人一样的口头语，却仍旧被她渴望融入的那个群体排斥在外，于是她陷入了绝望，做出了过激的举动。

小败的经历令人惋惜，还好她毕竟年轻，有大把的时间可以重新开始。

如果在生活中，你是一个像小败一样的女孩，那么你一定要明白：如果不能确立一个稳固的价值观，面对复杂的环境，就会像小败一样无所适从。你可以没有钱，可以不漂亮，可以没有出众的成绩，但你必须至少拥有一项足以让自己骄傲的品质，自己的价值不能依赖于他人的目光，而应始终存在于自己的内心。

CODLIN
苹果未熟

女生档案

网名：苹果

城市：抚州

年龄：18岁

星座：巨蟹座

成长关键词：小混混，巷子，堕胎，乐队

个性签名：要离开，就请永远别再回来

女生自白书

爸爸妈妈离婚那天，我表现得相当平静。

他们冷战了已经有两三年，我想散了也就散了吧。房子归了妈妈，我归了爸爸，她要我们在一个星期之内搬出去。那个夏天的7月，阳光那样明亮，我每天都在很细心地打包，小学时候用过的课本、幼儿园得的“好孩子”奖状，都叠得很整齐，然后放进箱子里去。偶尔经过窗前，会停下静静地看着外面的街道。

这条熟悉的街道，这个熟悉的地方。我知道我以后不会再回来，更不会再想起。

妈妈回家的时候，我正在用力地把一个大玩偶塞进纸箱里。那个玩偶的脸上沾上了很多灰，但我懒得把它拍干净。她站在那儿看着我，忽然哭了。

那个玩偶是她送给我的生日礼物——她很少送礼物给我，那是唯一的一个。

我有点不知所措地看着她，但是没说话。她自己哭了几分钟也就慢慢地停下来了，然后，她慢吞吞地吐出一句：“你心肠可真硬。”

那一瞬间我委屈得想哭。一个宁愿要房子也不要女儿的妈妈，是谁心肠比较硬？

我转过身用力地将那只玩偶脸朝下地摁进了纸箱，眼泪就在那一瞬间被逼了回去。

哭是一点用也没有的。小时候去医院打针，大人总是对我说“哭了会更疼”。我一直都相信。他们离完婚，我正好上初三。我对自己说，我不能让任何事情影响我，我必须考上一个好高中，必须考上一个好大学，必须成为我想成为的那种人，因为，我不想认输。

我知道我就是传说中的那种早熟儿童，但我禁止自己为这一事实伤感，尤其是在初三那段变态的岁月。当时我们班有个平时不怎么说话的女同学忽然没来上课了，一个星期以后我们听说她是因为压力过大，导致家族遗传的精神分裂发作。离中考不到两个月了，所有人都在谈论这件事，这让紧张气氛上升到了临界点，似乎每一个人都有可能在下一秒精神崩溃。在那种氛围下，我却冷静得像一个异类。

学会观察自己情绪，这种事我太擅长，就好像在我的身体之外，还有另一个我。

只有一件事情是失控的。那就是爱情。

我恋爱了。

就在校门口的倒计时牌变成“离中考只有20天”的时候，我恋爱了。

我原本以为这样的事情是不会发生的。但我就是像其他女生一样暗恋上了成绩优秀的帅哥，尽管他看上去好像不会喜欢任何人。

我们唯一的交集是在学生会。当时他是初中部唯一的副主席，我在吃力不讨好的卫生部当干事，负责检查初一年级的扫除情况。我担任这个工作原本只为了可以不参加扫除，不过我很快发现这是个大麻烦。当我给一些班级扣分的时候，那些老师甚至找到我的班主任，说我太不留情面。当然，那分数跟他们的奖金和面子有关，我懂的。

我自问没有做错任何事，但却因为自己的做法而承受着压力。在一次学生会的例会上，负责老师不点名地批评了我，说："有的干事在扣分时没有秉承公平的原则，把自己的情绪带到了工作里。"

当时我就想辞职不干了。例会结束以后，我说我留下来收拾办公室。所有的人都走了，不大的屋子里显得空空荡荡的。我留在那里，是希望有个空无一人的地方让我一个人呆一下。或许再流点眼泪。

"你在干吗呢？"他忽然出现的时候我吓了一跳。

"我忘记拿花名册了。"他将手里的东西向我扬了一下，然后有点疑惑地打量着我，"喂，你没事吧？"

在我印象中，这是我们第一次面对面地交谈。那时候，他穿着白衬衫，我穿着那种特别傻的带蝴蝶结的格子裙。他好像第一次看见我似的，站在那儿一动不动有10秒钟的时间，然后走了过来，迟疑地拍了拍我的肩。

"没事的。"他说，"老师嘛，不都是这样，很多你看起来了不得的事，他们根本不在乎，你的原则在他们那儿不过也就是一局麻将罢了。"

见我没说话，他又说："你别为这样的事搞得自己不开心，就要中考了，要有好心情。"

现在回想起来，他那番话充满了世故的味道。这就是他和我最相像的地方——我们都是那种过早地懂得了这个世界规则的人。不同的地方在于，他好像真的对一切都很有把握，而我有时候只是装作有把握而已。

他说完话以后并没有马上把手从我的肩膀上拿走，而我就在那一瞬间，电光石火般地做了一个决定：我握住了他的手。

一切都是我主动的，所以我没资格抱怨什么，哪怕是对我来说几乎是致命打击的中考失利。

毫无意外的，我为这份突然而来的爱情付出了代价。我没有考上省重点一中，而是去了七中。

虽然七中也是所全市重点，但升学率远不如一中。进了七中就代表我想去北京读传媒大学的几率降低了一半还不止。但我没有怨言。我选择了得到他，我相信一切都是值得的。

而当我知道他早已被保送上一中时，我还是控制不住去想一个问题：保送一中和拥有我，他会选哪个？

前途和我，他会选哪个？

高中开学以后，为了不影响学习，我们约定一周见一次面，每天打一个电话。这一点是我提出来的，说起来，多少有点赌气的意味。说这事的时候我们坐在一间很便宜的咖啡馆里，他给我点了一杯甜死人的拿铁。他看着我的眼神非常平稳，好像我的决定没有任何令他吃惊、难过或者不快的地方。我们定定地对视了几秒钟，然后他对我微笑说：“好。”

我恨他的那种眼神，恨他的那份笃定，好像一切都在他的掌握之中。我忽然理解了我妈对我说“你心肠可真硬”时的那种心情。但是我什么也不能说，毕竟一切都是我提出来的，所以我咕嘟咕嘟喝完了那杯拿铁，用我所知道的最云淡风轻的口气对他说："那好，下周见。"

而我们真正再见，是在四周以后了。

因为我们都很忙。进了七中以后，我莫名其妙地成了风云人物，因为成绩好，会吹长笛，还有文章写得也不错，被老师挑中代表年级参加学校的演讲比赛。虽然我知道这一切和高考相比都只是浮云，但我很享受，这一种短暂的虚荣。

在七中，我是一个外来者。因为是从一中的初中部过来的，所以这边的人看我本来就存着一种跟我较劲的心思。因为演讲比赛的事，我得罪了一个七中女生。她长得很漂亮，成绩还不错，哥哥又是个挺有势力的混混。

当我身边开始出现一些类似"死猴子"、"每天翻个白眼要死啊"、"以为自己长得很好看了不起了"的话时，我才后知后觉地发现，我的风光已经为我自己带来了大麻烦。

说我不为此烦恼是假的，可我告诉自己，我要是流露出一丝一毫烦恼的话，他们就会更来劲，所以我控制自己，连瞪都懒得瞪他们，目不斜视地经过，任凭他们在我身后发出一连串带有侮辱性质的哄笑。

时间久了，他们可能也觉得这种手段太幼稚了，于是开始升级到实质的，比如故意伸出脚想绊倒我，又比如打扫卫生的时候专门把粉笔灰往我身上弄……

到现在我也不知道矛盾彻底升级的那天，那个挑衅我的女生是不是就是那个七中女生。在扫除的时候她故意把拖把的水往我身上甩。我新买的白裤子当场就花了，那一刻，长久以来所有积压在心里的委屈和愤怒让我失去了理智。我冲上去把她的拖把抢过来，摔在地上："你到底有完没完啊！"

她后退一步，似笑非笑地看着我，扔下一句："你有本事还手就记得不要后悔。"

她说这话的表情我一直记得很清楚。

事情发生在周末回家的路上，我发现自己被人盯上了。几个小混混从校门口一路跟着我，但他们一路有说有笑的，我拿不准他们想干什么。我有点慌，但没意识到这情形有多危险。

我给我男朋友打了电话，但他没有接。那几个人好像注意到我的不安了，神色变得诡异了起来。我开始跑，后来我才知道，这是一个无比错误的决定。我跑了不到200米就跑不动了，停在一条小巷子旁边喘气，然后那几个人就冲了过来，趁着没人看到，几个人合力，把我拽进了巷子去。

我以前一直以为这种事情是在电视剧里才会发生的，但是当他们中的一个开始带头拼命扒我裤子的时候，我被吓得连叫都叫不出来了，浑身颤抖，眼泪像水龙头里的水一样使劲往外流。我想要大声呼救，却发不出声音，只能低声哭着求他们，不要，不要。

到现在我还能听见自己那哀求的声音，一想起来就觉得心里特别特别的疼。那不是一种发作之后就会慢慢消失的疼痛，那是永远鲜活在皮肤深层、没有办法平息的屈辱。

它就像一个不怀好意的笑脸，无时无刻不在提醒我：不管我有多么理智，用多大的决心掌控自己的生活，来自外界的一点点力量就可以使我全盘皆输。

我彻底失去了我的骄傲。

后来我总是想，如果陈瑜那天没有出现在那条巷子里，我肯定完了。

他后来跟我说，他那时走进巷子是因为烟瘾犯了想抽烟，没想到一进来就撞见了那一幕。他本来不是一个多管闲事的人，只是莫名其妙地觉得我很可怜，再加上那几个人他正好认识，就喊了他们一声，帮我讨了个人情。

“你们这样搞，她估计会自杀的，搞出人命不好吧？”

这是我听清楚他说的唯一一句话，其他时候他在和那些人窃窃私语。被暂时放开的我躺在地上，连逃跑的力气都没有了，睁眼看着一线微蓝的天空一边呼吸一边流泪。

然后那帮人就走了，走之前甚至没看我一眼。

留下来的人是陈瑜，他慢吞吞地走到我面前，蹲下来，拉了拉我的衣服。

“没事了，”他说，“我劝你别报警，这事就算过去了。”

我一边哭一边用力摇头。

我没有被强奸，也不会自杀，我只是吓到了。

我跟陈瑜说谢谢。

他站在我身后问：“要不要送你回去？”

我回答：“要。”

我还真的很怕，但无处可以倾诉。我还有一堆功课要复习，我还要背我的演讲稿，我还得把上周碰坏的长笛拿去乐器店修理……我在脑子里默默地把所有要做的事过了一遍，似乎只有这样，我才能证明真的是什么都没发生，我刚刚被撞得失去形状的生活，才能够迅速地、毫无痕迹地复原。

但愿，我支离破碎的骄傲，也能重生。

那天晚上，男朋友打过来几个电话给我，我全都摁掉，然后就关机了。

其实一直到今天，他都不知道这件事。如果他好好问我的话，我想我还是会说的。甚至，也许我一直在等着他问起，为什么会突然打电话给他，为什么后来又不接他电话，为什么好几天不跟他联系。可是当他平淡地问起的时候，我又推说是手机放在包里自动拨了他的号，然后手机没电了。我扭过脸的时候想到自己的虚伪和故作冷静，拼命维持表面的和平是为了什么。可我控制不住自己这样做。

那是年少轻狂时最幼稚的自以为是。

可惜我到最后才明白。

当陈瑜加我QQ的时候我吓了一跳，我不知道他是怎么弄到我的QQ号的。他的通过请求里就只有两个字：陈瑜。

这两个字勾起的回忆让我全身激灵了一下，但我犹豫了一会儿，还是通过了他。

没想到他居然在线，马上就跟我打招呼，问我身体怎么样了。

我一愣，回复他："谢谢你，已经好了。"

又过了几分钟，他的头像再度跳起来，这一次，我发现自己居然心跳得有点快。点开对话框，他的话让我一下子傻住了："你现在有空吗，能不能见个面？"

我想我是抽风了，因为我居然想也没想，就回答说："好。"

我在他说的那家小商店等他。

他来的时候手里拎着个塑料袋，看我一直盯着袋子看，就跟我解释："啤酒，你不要误会，这是我心情不好自己喝的。我们走吧。"

我"哦"了一声，开始觉得这一次见面有点怪异。

那天我们去了河边，一路都黑漆漆的，显得特别荒凉。可能是这样的环境让人容易想太多，我不自觉地就郁闷起来，伸手找他要啤酒。

他看了我一眼，也没问什么，就递给我一罐。

我毫不犹豫地扯开拉环，开始灌人生中第一罐啤酒。一口气灌了半瓶，头也慢慢开始晕了，我问他："为什么跑出来？"

他喝了口酒，看我一眼："我女朋友无理取闹很烦。"

我愣住了。

我不是傻子，知道在这样的情形下他抱怨女朋友，潜台词是什么。如果我当时走掉就好了，因为我还没来得及对他有什么感觉。可是这一切有种要命的浪漫气息，这种浪漫是我从没体会过的。

所有的浪漫中最蛊惑人的恐怕就是错误的浪漫了，一个要去北京学传媒的重点中学女生和一个普通高中的体育生、社会上的小混混，正坐在一起喝啤酒，这样的事在我理性、正确的人生里从没发生过。

我不记得是我们谁先把头靠上对方的肩膀了，这一点都不重要。后来他侧过头开始吻我，我全身抖了一下，也开始回吻他。那是我的初吻，但我却没有太多的感觉。我一边吻他一边想，我大概还没有很喜欢他。可是亲吻的感觉带来安慰，我没有逃开。

在这件事发生之后，我并没有马上跟男朋友分手。陈瑜也没有明确地提出来跟我交往。我想在他的世界里，这样一个吻也许算不得什么。虽然他会不时来找我，也会请我吃个饭什么的，但我听说他女朋友其实很多，像我这种程度的，其实只能算暧昧的一种。

决定性的事情发生在一个周末。那天，因为爸爸出差，我留在学校没有回家。陈瑜来找我（后来我猜想他已经从别人那儿打听到我不回家），邀请我去看他的篮球赛。

男朋友给我打电话的时候，我正在和陈瑜去吃夜宵的路上。我拿起电话，陈瑜问我是谁，我做了个手势要他别开口。

我不知道那时候男朋友是不是已经察觉到一点什么了，总之，他很少见地用一种质疑的口气问我："现在在哪里，在干什么？"

我深吸了一口气，说道："和我男朋友在一起。"

我不知道自己为什么要这么说，那几秒的时间好像一个世纪那么长。他一直没说话，我也一直不说话，我们两个好像一直热衷于玩这样的游戏，谁能挺得更久，谁就赢了。

最后，他那边好像颤抖着呼吸了一下，把电话挂断了。

我没有想过要与他分手，但就在刚才，我还没来得及细想就做了决定。

而在那时候，我还不知道自己是为了赌气，还是真的爱上了陈瑜。

"你什么意思？"我一挂电话，陈瑜就开口问了。

"没什么意思，"我逞强地说，"只不过想和他分手了，随便找个借口而已。"

他没说话，我又急急地补充道："你别想多了，我没想和你怎么样，我要回学校了，再见！"

说完这句话，我真的转身了，我发誓那个时候我是真心想走的，但是，他拉住了我，拉的力气很大，我趔趄了一下，好不容易才重新站稳。

"你干什么！"我用力甩开他。

他笑了："这里离我家很远，我们不如去旅馆？"

我做决定只用了一秒钟。那天晚上，该发生的就都发生了。

后来男朋友还来找过我一次。是一个星期一的中午来的，这个时间让我很诧异，因为我记得他们星期一下午一般要搞小测验。他打电话给我，能不能在我们学校外面见个面，我想了想，同意了。

他说要请我吃饭，其实我在食堂已经吃过了，但我没说。我们坐在一间很吵的小饭馆，他点了多得超过四个人饭量的菜，我很想告诉他点多了，但我没有。

上第一个菜的时候，他有点艰难地开口："你是不是觉得，我对你关心不够？因为我们还是学生……"

"你别说了。"我打断他，"你没做错什么，都是我的错。"

在那之前我对他不是没有埋怨的，我始终觉得他不够喜欢我，对我太冷漠。甚至我和陈瑜那么快做了那件事，都是出于对他的一种报复心理。可是当他真的出现在我面前的时候，我却什么也说不出来。我甚至不敢看他，我想这就是我这辈子第一次喜欢的人，这就是我这辈子第一次恋爱，怎么会变成这样？我是不是从没真正喜欢过他？那我为他没有考上一中，算什么？我失去的所有东西，又算什么？

菜都上来了，我们都坐在那儿，筷子也不动一动。最后我对他说："你还不回去，上课要迟到了。"

他忽然露出一种我从没见过的表情，好像很认真也很绝望："你真的决定了？"

我用尽全身力气，点了点头。

自从和陈瑜上了床之后，我们的关系算是确定下来了。

高二的时候我爸也开始谈恋爱，对方是一个比我大了不到四岁的女人。

他们很快开始谈婚论嫁。我并没有阻挠我爸的第二春，因为我知道阻挠也没有用。高二下学期我主动提出寄宿，这好像让我爸如释重负。我知道那样想自己的亲爹有点不地道，但事实就是如此。

我可以在学校过周末了，只要打个电话回家，我爸就不会追究。其实那时候我们每周六补课，周日还要上半天自习，我和陈瑜能在一起的时间也就是半天而已。我们没有什么别的娱乐，在一起就是做那种事。有时候我们见面以后什么话还没来得及说，陈瑜就开始上来解我的扣子。我猜想只有男生会对这种事情乐此不疲，有时候我甚至觉得陈瑜跟我在一起就是为了这个，每当想到这点的时候我就会觉得恶心，然后，我会跟他吵架。

我们吵架的理由可以说是包罗万象，从国家大事到鸡毛蒜皮，任何事情都可以发展成一场毫不留情的大吵。最搞笑的一次，为了美国该不该打伊拉克战争，我骂他是傻逼，他骂我是婊子。但当时我们没觉得有什么可笑的，吵架可以让人失去理智，完全变成疯子。

我们没有因为吵架而分手，是因为到了最后，陈瑜总还是让着我。

每次吵完一场，当我疲惫不堪地痛哭起来，他总会带我去夜市，吃点好吃的，或者给我买个小礼物。

他没什么钱，买得起的也不过就是手机挂件、指甲油、藏银手镯之类的东西，那些东西我一样都用不上。可是当他低下头去跟摊主讲价的时候，我又会觉得心里酸酸的，觉得自己特别对不起他，想要用尽全身力气对他好。

我们就这样吵吵停停，一直到了高三的时候。有一天他突然跑来跟我说，自己不读书了，要去学技术。

我用了10分钟才搞清楚，这不是玩笑，也不是一时冲动。

我压抑着自己的怒气，问他："你有没有想过自己的将来？"

他看了我一眼，笑容很复杂："你知不知道你真的很幼稚，你以为你什么都懂，其实你什么都不懂，只懂得逃避现实。"

那句话，他是一字一句慢慢说的，甚至让人觉得，他已经在心里打好了腹稿，排练了无数遍。

他毕竟是了解我的，知道打击到哪里会让我最痛。

我错愕地看着他，其实我知道，我们从来就不是一种人。我们来自不同的世界，也注定要过着不同的生活。

我只是从来不敢真的正视这一切。

不到半个月他就把退学手续办好了，在外面先报了个班，学开车。他是在一切尘埃落定以后才告诉我的。因为这个，我们爆发了最严重的一次争吵，吵着吵着我情绪失控地抡了他一巴掌，他一把把我推到墙根儿，掐住我的脖子，恶狠狠地说："你别以为我不敢打你！"

这场吵架是用一场更激烈的运动来结束的，我也不知道为什么，明明恨得咬牙切齿的两个人还能那样纠缠在一起。当他吻我的时候我特别特别绝望，我心想我这是怎么了，我现在应该做的是给这个男的一巴掌然后跑掉，永远都不再见他，但我为什么还在做着这种事？

但更悲剧的事情还在后面。

我怀孕了。

其实我们平时都很注意避孕，在这方面陈瑜还是很爱护我的。但是那天，我们都吵昏了头。等我发现一向很准的例假居然晚了近一个月的时候，一切已经晚了。

做完检查从医院出来的时候，他很小心地牵了我的手，问我要不要去喝煲汤，我整个人已经轻飘飘的了，没有拒绝。

是在店里的时候，我们做出了去把孩子打掉的决定。一个小生命对我来说太沉重了，那是我第一次真真切切地认识到，我自己都还只是个孩子。

我们很平静地谈了一下借钱的计划，期间他出去打了几个电话，后来回来的时候说还差500块，我沉默了一下，说："没关系，我来解决吧。"

我打了电话给前男友。

其实当时我还可以找别人借到钱的，但我就是打给了他。他很爽快，见面时甚至都没有问我要这么多钱干什么，就把卡拿去提款机那儿取钱了。

回来时他递给我的居然不是500块，而是1000块，他说："这是我自己的钱，你有急用就先用吧，不要担心，我不着急要。"

我跟他说最迟过年拿了红包就给他，他看了我一眼没说话，却突然抓住了我的手，小心翼翼地问我："你男朋友是不是欺负你？"

我摇摇头，挣脱他的手，把钱装进书包里，很冷淡地说："过年，等我拿到红包了，就还你。"

做手术那天陈瑜要路考，他说要我换一天，他去陪我，我说，不用了。

做完手术的第二天，我约他见面。他说要不要一起去吃饭，我说我吃过了。我们最后定在第一次见面的那条河边，我比约定的时间早到了半小时，他迟到了10分钟。看见我等在那里，他小跑着过来，把手里的一只塑料袋递到我面前："你最喜欢吃的，扬州卤鸭。"

我接过那只袋子，轻轻地放在身边。

"我们分手吧。"我说。

他愣住了。

然后他说了一句让我彻底心寒的话："你别以为我不知道，你去找他借钱了。"

如果是在过去，我一定会马上跳起来，质问他是不是偷看了我的手机短信，但那天，我连这点力气都没有了。当那个护士把冰冷的钳子伸进我的体内搅动的时候，我全部的力气都已经用尽了。我就只是看着他，等着他问出我意料之中的那句：

"你是不是跟他……"

我点点头。

他咬牙切齿地骂我："贱货！"

我怔了怔，用我能做到的最镇定的口气回答道："很贴切。谢谢你。"

陈瑜走了以后，我一个人留在河边，风开始大起来，我衣服没穿够，冷得发抖。冷或许能让我变得更清醒一点。我给前男友打电话，告诉他我现在的地方，问他愿不愿意来陪我。

他很快就来了，我猜他是从晚自习上直接跑出来的。他什么也没问我，只是陪我在那河边坐着，没过一会儿他说了句"你嘴唇都冻紫了"，然后脱下校服，披在我身上。

我们已经分手两年了，彼此都已经不再熟悉，也没有了共同的话题。他尝试了好几次说起我们初中时共同认识的一些人，我没有应声，他也就逐渐陷入了沉默。就那样不知道过了多长时间，我问他："学校宿舍都关门了吧？"

他说："是的，那我送你回家吧。"

我摇摇头，伸手抓住了他的衣袖。

他转头看着我，眼睛里有种很复杂的温柔。然后他站了起来，我跟在他身后。

那天晚上我跟他做了，是我主动的。那或许是他的第一次，但我没问。半夜的时候我醒来，迷迷糊糊碰到一个人的身体，我忽然意识到那不是陈瑜，再也不可能是陈瑜，心就忽然痛得跟死了一样。

我不知道我是不是爱过陈瑜，但失去他的痛苦在黑暗中是清清楚楚的，清楚得我几乎承受不住。

而我之所以要做这些，是因为做完这一切，我就没办法再回头了。

在那之后，前男友来找过我，我躲开了，他后来又坚持来了好几次，终于在半年后，他不再找我了，只给我发了一条短信：

“我恨你。”

高考结束后我的分只够念专科，也去不了北京，但我还是固执地选择了传媒专业，9月的时候我到外地的大学去报到了。一开学我就开始疯狂地报名学生会和各种社团，我告诉自己在这样一个野鸡大学里，我要努力得到我可能得到的一切，我没有时间可以再虚掷，也没有情感可以再浪费。

因为会乐器的关系我最终进了文艺部，很快地，一些男生注意到了我，我们一起组了个乐队，我担任贝斯和主唱。他们开始传说，我身上有种冷淡而尖锐的气质，很像摇滚明星Tori Amos，也许是巧合吧，Tori Amos曾经在一次搭便车的途中被乐迷强暴。

我们的乐队开始有了名气，我们在当地的大学生艺术节上演出。我们的吉他手是个很帅的男生，他被一家唱片公司看中去北京发展。临行前，他邀我和他一起去。

我拒绝了。

我还是那个一脸孤清相的女生，男生缘不错，但几乎没有女生朋友。有一次我在台上演出，被一帮女生喝倒彩。回宿舍的路上，一个女生在路上堵住我，对我说："你以为你会写几句歌词，会弹琴，会唱几首歌就了不起？别太嚣张了，不然有你后悔的一天！"

从她的脸上我忽然看见了很久以前，七中的那个女孩的影子，她冷冷地笑着，对我说："你不要后悔。"

我不会让她知道我后悔。我甚至不让自己觉察出一丝的后悔。那天晚上我做梦了，梦见那帮人把我拖进了小巷子里。那是一个重复的噩梦，我一边手脚并用大哭大喊，一边又好像有种模糊的希望，有个人会来的，会救我离开这里。

然后，是陈瑜蹲在我身边，我看不见他的脸，只听见他轻声说："你没事吧？"

然后我就醒了。我只有在这样的时候才会想起陈瑜，想起他给我发的最后一条短信："你是不是从来就没尊重过我？从来没有爱过我？我在你心里，到底算什么？"

这样醒来以后我就怎么也睡不着了。我打开电脑，在空间里上传的初次表演视频下面看到了一个匿名留言：

I HATE YOU BUT I MISS YOU

我没办法知道这是谁留下的，是陈瑜还是我的初恋男友。在那一瞬间我发现了一个很可怕的事实，就是，我忽然记不起初恋男友的名字了。这真的很夸张，我们一起在一个学校呆了三年，他是我这辈子第一个喜欢的人……

我忽然全身激灵了一下，我忽然明白，也许最可怕的事实是，我谁也没有喜欢过，不管是他还是陈瑜。

我心里每一寸柔软的地方，都被我自己牢牢封死了。

我想起爸妈离婚的那天，他们走进我的房间问我跟谁，我对他们说："法院把我判给谁，我就跟谁。"

我想起一部电影里的台词："当事情很糟糕的时候，我试着让它变得更糟糕一点，这样眼前的情形就不会让人难以承受。"

我试着这样做了，我一直是这样做的。每当一件事情让我难以接受，我就会不断地去分析它，然后告诉自己，没什么大不了的，你总有一天会忘记。而当你忘记了之后，就可以当做一切都没发生过，你就能变得勇敢、强大、无坚不摧——这很好，不是吗？

后来我努力地想记起那个男生的名字，但我真的忘了。我能想起的只是他递给我的1000块钱，还有他披在我身上的校服。于是我试着去回忆自己是用怎样的心情握住他手，我想事到如今，回忆已经不能再伤害我。我回忆着那个在夜市上看着一个男生的侧脸偷偷掉眼泪的女孩子。那都是些不必要的眼泪，廉价的伤感，什么都不能挽回，只会让她自己的世界变得混乱不堪。

我讨厌那个女孩，她是一个未熟的苹果，酸涩难当，但是，我想念她。

雪漫记录·面对面

Q 饶雪漫
A 苹　果

时间：2010年7月29日　地点：夏令营驻地——北京奥亚酒店

Q 饶雪漫：苹果你好。
苹果：雪漫姐好。

Q 饶雪漫：你的乐队，现在情况怎么样？
苹果：现在发展挺好的，大家关系很好，参加过几次小演出，反响好像还不错。

Q 饶雪漫：听说你还是乐队里的灵魂人物啊。
苹果：哈哈，没有，只是因为我平时比较喜欢写东西，所以乐队原创就我来做了，我也是乐队的主唱。

Q 饶雪漫：为什么会想要组乐队呢？
苹果：你还记得你说过的一句话吗？“用力改变平凡生活。”其实我就是想通过这个找到支撑我的动力。

Q 饶雪漫：之前你对这个是很盲目的？
苹果：对，我以前对这个没有什么意识，后来发现我一直不是为自己而活，而是为别人活着。

Q 饶雪漫：为什么会造成这种情况呢？
苹果：我爸爸我妈妈平时都很忙，很少照顾我，可能是因为这个，所以后来我对人特别依赖。

Q 饶雪漫：有没有想过，正是你对陈瑜的依赖，让你受到这样的伤害？
苹果：当时的情形很混乱，根本没有想到会发生这种事。

Q 饶雪漫：事后你和陈瑜分手，是不是因为对前男友有愧疚感？尤其他还那么爽快地把钱借给你。
苹果：有这个原因，当时觉得他挺可怜的，而且那个时候特别恨陈瑜，觉得自己永远都无法原谅他。

Q 饶雪漫：最后你谁都不要。
苹果：我想我需要时间来冷却这些，那时候我真的累了，不想再谈恋爱。

Q 饶雪漫：你觉得那时候的自己是一个理性的人吗？
苹果：不是。

Q 饶雪漫：但是夏令营里，你表现得好像很理性，喜欢现在的状态么？
苹果：其实我也是过了很久才懂的，后来我就一直提醒自己做事情要有条理。

Q 饶雪漫：可是我觉得你现在好像发展到了另一个极端，你在有意识地屏蔽一切感性，只用理性来做判断。
苹果：这有什么不对吗？

Q 饶雪漫：所以周围的人才会说你很冷漠。

苹果：我觉得这样才对啊，人总被感情支配会死得很惨，总是依赖别人也没有出路，必须要让自己变得很优秀。

Q 饶雪漫：你觉得自己已经足够优秀了吗？

苹果：不够，但我在努力。

Q 饶雪漫：你有没有想过，要是无论怎样努力，都无法达到自己期望的那种状态，你那时候怎么办？

苹果：我觉得不可能出现这种情况，付出总会有回报，这是一个很简单的逻辑。如果说无法达到自己的期望，那可能是因为期望太高了，那就调低一点。

Q 饶雪漫：高考对你来说应该算是一个挫折吧？

苹果：算。

Q 饶雪漫：当时怎么处理心态的？

苹果：心情很沮丧，但是没办法，只能继续往前，人生没有回头路可以走。

Q 饶雪漫：现在还有情绪崩溃的时候吗？

苹果：几乎没有了，有时候排练不顺的时候也会发脾气，但一会儿就过去了。毕竟最后的目的是要大家一起排练好，发脾气没有任何作用。

Q 饶雪漫：现在有谈恋爱吗？

苹果：没有。

Q 饶雪漫：为什么呢？大学不谈恋爱多可惜。

苹果：我觉得周围男生都挺幼稚的，我现在对爱情想得很现实，至少要能撑得起今后的生活。如果可能的话，最好能用爱情帮助实现自己的理想。

Q 饶雪漫：不觉得现在想这些有些太早了吗？

苹果：想得越早才越不会浪费时间，才越能做自己应该做的事情。

雪漫记录·印象

在夏令营开幕仪式上，苹果作为营员代表发言。

我没有想到她可以表现得那么出色。在我的想象中，她面对那么多媒体和记者，多少会有些怯场，但她的表现的确让所有人大吃一惊。她神情自若，说话不疾不徐，既沉稳又有腔调，而且非常具有逻辑性，让人难以相信她只是个17岁的女生。她发言完毕下台的时候，我清楚地听到后面的记者嘟囔了一句："这该不会是请来的托儿吧。"

她当然不是托儿，她也是一个受过成长伤害、有故事的普通女孩。

只不过，她很好地把过去的那些不快乐隐藏了起来。

很快，苹果便成为夏令营中最引人注目的女生之一。

在一次做心理游戏时，苹果站了起来，气势磅礴地侃侃而谈，从逻辑上分析这个游戏的不合理之处。一时间气氛弄得有些尴尬，最后还是方悄悄出面做和事佬，让游戏继续进行下去。与苹果分析的不同，游戏非常成功，大家都受到很大触动。

苹果给人的第一印象便是这样：聪明，理性，但却不太好相处；有攻击性；生活得很努力，很用力，却让人担心会不会用力过度，走进死胡同。

在讲自己故事的时候，苹果绝对是所有女生中最冷静的一个，好像整个人完全跳脱了出来，经常讲到一个地方时会进行自我分析，分析自己当时为什么会那样做，分析当时的心态，冷静客观至极。

这样的女生，必定会有人敬而远之，也有人趋之若鹜。在夏令营里，苹果喜欢一个人独来独往，但她身边渐渐出现了几个追随者。平时生活中，她看起来并不咄咄逼人，但只要有发表意见的机会，她也断断不会放过。

也许有人会觉得她冷漠。

但她现在做的却是极需要感性的事情——做乐队，写歌，如果没有对生活的某些敏感，恐怕很难有所成就。

一个和自己较劲的人，必定有过那么一段自我厌恶的过程。

苹果就是这样。在她的那段并不成功的恋爱中，她犯了很多错，比如和陈瑜的草率开始，因为害怕失去而不断地自我妥协，还有对前男友的辜负与留恋。对那个时候的自己，她一定是讨厌的。

所以才会有现在的反弹，才会有现在对感情的有意屏蔽，她相信所有问题通过理性分析，通过逻辑推理，都会得到解决。

但亲爱的苹果，我真的很想告诉你，这个世界并不是只有冷冰冰的理性，并不是只有简单的因为所以，有些事情用情感去体会，比用逻辑推理来得更加简单，也更加准确。

即使是受过伤，也要相信爱，用力爱。

夏令营结束的时候，我作了一个成长讲座，讲座完了让大家都说说参加夏令营的感受，很多人都流下了眼泪，苹果也不例外。看着她流泪的样子，我突然想起在夏令营做“我想对小石头说”这个心理游戏时，我因想起自己多年的付出流下眼泪，是苹果第一个给我送来了纸巾和拥抱。她当时也哭了，她还在我耳边说，要我坚持下去，她会一直支持我。

我知道，苹果并没有像她表现的那样害怕感性。

也许这一切，都是她用于自我保护的方式罢了。

那我也更要祝福她，祝福她顺利走过今后的日子，祝福她终有实现梦想的那一天。

苹果，我会一直在心里记住你给我的那个拥抱。

后来……

夏令营结束之后，苹果给我发来她写的小说，一个关于学生乐队的故事。从故事里很容易看出来她写的就是自己。故事关于理想的坚持，说实话，看到结尾，我被这个故事感动了。

我知道，我的感动并非是故事写得多么动人，更多的源自于对她本人的了解。在她身上，我看到一个不断朝认定的方向走下去的坚强女生。借用一个北方方言词汇，就是“死磕”吧。

她在跟自己死磕。

这样的女生必定有人爱也有人恨，而我只是希望她珍惜爱她的人，而将他人的恨转化为继续前行的力量。

苹果，你准备好了吗？

王卫民：北京师范大学教育培训中心心理咨询中心咨询师
夏令营跟营心理辅导员

何时能放下坚固的防御?

苹果在夏令营中表现出的“理性”一面，大多数的营员并不理解，但从心理学的角度来看，那却是一种有效的自我防御机制，能让她从以往被伤害的经历中脱离出来，塑造一个更完整的自我。

目前的苹果，在这一防御机制的保护下生活得很好。她考上了大学，组织了乐队，过着非常积极的生活。如果对现在的她说一些“你要放下心防，勇敢去爱”的话是没有意义的，无论那样的话有多正确，都只是旁观者的一厢情愿。实际上，现在的苹果还没有能力将她内心感情丰富的层面展现出来，强逼着苹果迈入这一心理阶段，只会伤害她，使她的内心世界陷入混乱。

对苹果来说，目前最重要的是通过自己的努力，取得一些成功（无论是乐队的还是学业上的），获得对这个新自我的信心。这种信心会抵消掉她“理性”的自我防御机制，到时她自然会释放出自己内心感性的一面，从而拥抱他人，获得美好的爱情。

附录：“当你遇见饶雪漫——纯果乐缤纷2010女生成长夏令营”纪念册

Tropicana
纯果乐

Part1.一次温暖青春的旅程

2010.7.24——2010.7.30

七个日夜，一百六十八个小时，分针的一万零八十圈。

22颗相互温暖的灵魂。

这本纪念册，是送给夏天的礼物。

我们生命里还要度过无数个夏天，但是，不会再有一个夏天，像这个一样，有这么多这么好的回忆。

40℃的高温，灼热的街道，清凉的眼泪。

好像昨天才离开这里，但过去又已经飞得好远。

离开之后，我们反复地翻看着留言簿，发现自己一直是最初那个善良、勇敢、一往无前的女孩，发现只要七天的时间，我们居然完完全全地理解了彼此，理解了世界带给我们的伤害，并且决定原谅。

这个夏天，我们都是好姑娘，并且互相鼓励着，一定要幸福。

7月24日的开营仪式，穿着“17”T恤的营员们，宛如琴键上的红绿灯

营员代表发言

第一天

夏令营奏鸣曲从琴键阶梯开始奏响，我们第一次如此整齐地聚在一起，一张张年轻的脸庞那时候还感觉陌生，但七天以后，我们都会记得彼此，记得彼此给予的温暖和鼓励。

手握着手，互相支撑，一起前进

第二天

北京的盛夏让空气里充满了灼热的甜味，在四周环水的美丽鸟岛，转圈游戏、月球漫步、双人钢丝，所有游戏都需要合作完成。原本还有点陌生拘谨的大家，不知不觉成了朋友。为了

“向阳花”队正在制作队旗

"以一敌百"队展示队旗

两支队伍踏着巨大的木屐前进

防止有人在走钢丝时摔倒，大家自发地在旁边围成一圈，每一双手都紧握着另一双手。

第三天

心理老师说："她们其实是一群很懂事的女孩，而且很多人身上都有她们自己没有发现的潜质。"

就像在一次心理游戏上，女孩们蒙着眼睛，小寂依靠优秀的组织能力让大家团队协作，将一根绳子摆放成规则的正方形。

每个人之间流动着信任与理解，当有人讲述心事时，所有人都在仔细倾听，没有偏见、没有冷漠，仿佛大家在一起结成了一道勇敢的屏障，屏障里只有美好和善良。

而从编辑方悄悄对着营员三三流下眼泪开始，夏令营里饱含感动理解的泪水仿佛便再也没有断过。

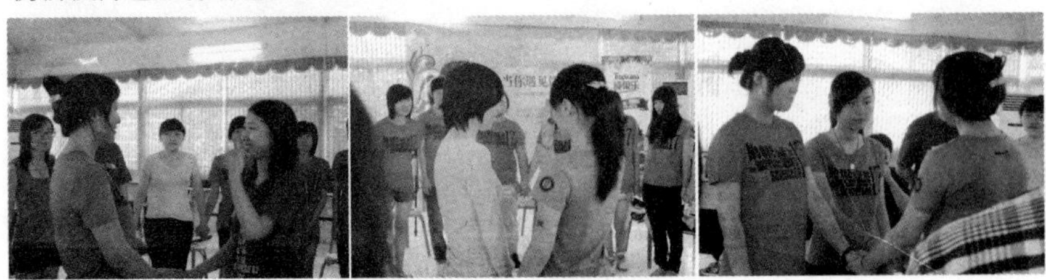

无论流下多少眼泪，我们的手始终紧紧握在一起

——即使我的家庭并不完美，但我也要有自己的勇敢。

小次的爷爷曾经是她最重要最亲密的人，却因为与小次父母的争执，而变得最为疏远。这样复杂的家庭问题对于15岁的小次来说也许过于沉重，但她只是想要爷爷像从前那样，能陪伴她，给她一个温暖的拥抱。

小次说："爷爷曾是我最亲近的人。"

她会记得心理老师对她说的那段话：小次，尝试着去和爷爷沟通吧，不要在意爸爸妈妈说的那些，因为那是你与爷爷之间的交集、关系，这些都是要掌握在你手中的。小次，加油。

在"家庭树扮演"心理游戏的尾声，很多女孩都哭了，许多营员都生活在单亲家庭中，但不管怎样，未来的路属于我们自己，我们一定要勇敢地走下去。

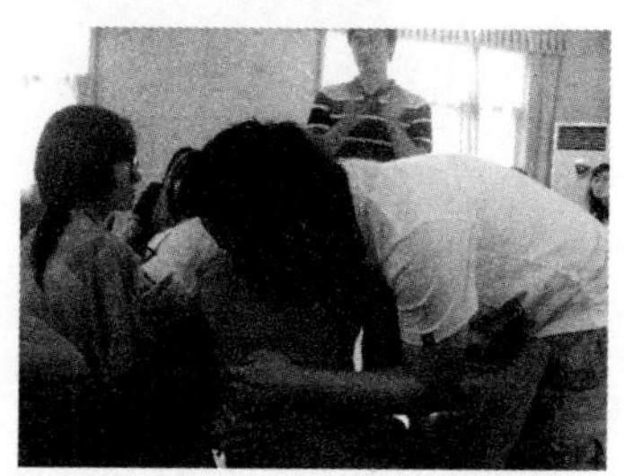

游戏中的"爷爷"与小次的动人拥抱

第四天

这个夏天也是令雪漫姐嚎啕大哭的夏天，她与许多营员一样，都在这个夏令营里被触及心中最柔软的部分。

心理老师举着一颗小石头对大家说："每个女孩心里都有一个受伤的、未曾长大的女孩，现在，请给她写一封信。"

雪漫是最后一个念信的人，信只念到一半，眼泪便让她再也念不下去，那是信任与理解的眼泪，那是寻求安慰的眼泪，原来每个人都可能是支撑对方走下去的动力，与年龄地位无关，拥抱永远都是热的。

庆幸在这个世界上，我们还能寻找到一个可以互相拥抱、互相温暖的群体。

雪漫姐泪洒现场

第五天、第六天

忘记伤痛，重新出发。卸下心理包袱的女孩们在长城上留下灿烂笑容，夏令营后面的几天里，大家攀登长城，游览清华校园，去了天安门广场、鸟巢、水立方。彼此的友谊在温暖气场中日益牢固，有些女生之间的情感甚至会让你感觉仿佛她们早已相识。时间不会永远停止，但即便会分开又如何，友情早已滋生出繁盛的花朵，它让伤痛消解，注入继续前行的勇气。

不到长城非好汉

背靠背，心连心

第七天

夏令营结束前一天，雪漫姐做了一场关于女生成长十大关键词的讲座，这是雪漫姐在这次夏令营送给大家的最后一份珍贵礼物，也是雪漫姐对这群女孩们想说的最真诚的话语。

左陌言因为要赶火车提前离开，在会议室门口，黎未希抱住她，两个人哭了很久。

这是一个注定会浸满泪水的夜晚，互相合影、留言、拥抱、凑在耳边说悄悄话，每个人都笼罩在即将分离的情绪中，在讲座结束后的闭营仪式上，大家哭作一团。即便很多人第二天就要赶长途火车，但大家都不愿睡觉，有的女生趁着最后的时间呆在一起疯玩，也有人呆呆地站在走廊上，像是要记清在这里发生过的所有记忆。

今天之后，22名女生又将离开夏令营回到原本的生活之中，无论前方还有多少挫折与黑暗，请相信我们可以陪伴你一起走过青春的泥淖，成长故事还在继续，让我们把这段记忆珍藏，因为它能带给我们坚强下去的勇气。

雪漫姐与大家分享成长关键词

黎未希给其他营员写下留言

Part2.
夏令营手记

这一次我们选择了善良、快乐和坚强

跟营编辑：方悄悄

这是我第一次写到夏令营时感到无从下笔。

因为我已经参加了太多次夏令营。每年一到6月我就开始担心夏令营期间我会累死，或者营员出什么状况。比如有营员躲在房间里不出来或者玩失踪，比如有人掉队或者生病，最担心的是各种突发状况——我说的是什么，你懂的。

上次夏令营给我带来最多突发状况的妞妞这次也来了，在我们不见的一年时间里，她又长高了几公分。我不喜欢她染成满头金色，但又不得不承认她变得很漂亮。她看上去不像16岁，已经学会教育我“不要对生活有不切实际的幻想，找个对你好的人才是最重要的”，还会指导我穿衣，走路的时候突然拍我一下，让我别缩肩膀。

有天晚上我们坐在度假村的秋千上，她买了饮料来给我喝，一边喝一边晃，她忽然说：“像现在这样真好，我到了北京，每天正常作息，睡眠充足，没有那些人也不觉得难受——觉得自己又变回了一个正常人。”

她所说的正常就是重新回到了自己一个年龄的群体，不会因为过去的经历而显得与众不同；不需要勉强16岁的自己去适应成年人的规则，那些规则，她虽然能说得头头是道，但终究无法承受。

她是我亲爱的妹妹，虽然我经常两个月也想不起在QQ上跟她说一句话。我会担心她，但永远不会嫌弃她。她走的时候我送她去车站，她戴着她那副粉色的眼镜，束起头发坐在座位上看本书，看上去就像个16岁的孩子。我走的时候一次一次地回头望她，虽然这样很肉麻，但对我的肉麻她一点也没表现出不耐烦。因为我们已经过了要用粗暴来掩饰温柔的阶段，相处得那么自然。

这次夏令营很顺利，我所担心的麻烦一个也没出现。女孩们都在很小心地照顾着彼此，竭尽全力挥发出善意。我记得有一天下午我和几个营员私自去西单玩，是北京的营员壳壳给我们带的路。一路上她不多说话，在地铁里小心地看着不让大家走散。后来我们逛得耽误了时间，来不及坐地铁回家，她又带着我们走了好远的路去打车。西单的车真不好打，但她始终是微笑的，还把麦旋风分给了我一半。

壳壳长得真漂亮，经常穿那条绿色长裙，像文艺片中的少女。她不嫌弃我们带她去她曾到过无数次的长城、天安门。她的笑容羞涩又明亮，她是一个美好的姑娘。我们在夏令营里玩一个心理游戏，就是让每个营员坐到圈子中央，其他人说出她的优点，因为时间原因，没有轮到壳壳就终止了。真抱歉呐，壳壳，其实我有好多话想和你说。那么就在这儿说了，你千万别跳过这一段。

我不想把这篇后记写成点名簿，但我又不想漏掉任何一个人。我想对小爱说："还记得你问我是不是不喜欢你，那一下我真的很为难，因为否认好像就很虚伪，但真的，我没有一刻是不喜欢你的，我始终记得你坦白地对着大家说'因为我没有头发'时的坚强，你只是太在意别人的看法，活得太过柔弱了。""小歪，谢谢你把我当成可以信任的朋友。""小寂，你将来一定是个事业成功的女强人。""慧晨，虽然你的理智让我有点吃不消，但是我是没办法用我的混乱去批评你的理智的，你是个很努力的女孩，得到什么都是应当。"

"还有未希，你说我在那个晚上在鱼池边，哭得像个被剥开了的讨厌的洋葱，但我记得的明明是你在月光（那晚有没有月亮？）映照下的泪眼，你在那个时候最漂亮。"

"三三也许是最幸福的营员，你说雪漫是你的支柱，可那天当你拥抱她的时候，你也变成了她的支柱。""果果，你真的很聪明，但别把聪明变成尖刻。""还有梦洁、望平、圣秋、诺诺、小次、周嘉……没有点到名的人，你们的名字就在我的嘴边。要知道，我和米果是最能记清楚你们名字的人，你们的网名和真名，你们在群里不停变化的签名。"

因为之前就花了好多的力气去记牢，所以以后都不太可能会忘掉。

上一次夏令营结束的时候，我记得我很愤怒。是因成人加到孩子身上的重担而愤怒。那种愤怒很久都不能释放，那些孩子身上很多沉重的情绪传导给了我，我找不到排遣的渠道，很长时间，都无所适从，就像我自己回到了那个无所适从的年纪，面对成人的世界感到厌倦和恐惧。

但这一次，不是这样的。在雪漫主持的闭营仪式上，未希一直在哭，果子哭掉了隐形眼镜。随营的心理专家王卫民老师说，心理活动中会有一个很奇怪的“场”，无法解释，但所有在这个场中的人，都会被影响。

这一次，很神奇地，我们找到了那个互相温暖的气场。因为一个点、一个契机的不同，所有东西会不一样。夏令营结束之后，我和营员圣秋坐在一张沙发上，闲谈了好些。我告诉她，我觉得在这次夏令营里，所有人都拿出了自己全部的善良，都拼命地展现出最美好的自己。也许这美好会在离开之后消失，但没关系，我们一生都会握住这片光影。

前几天我接到上次夏令营的营员可可的电话，她上高二了，吞服镇定剂自杀的阴影已成过去。从她的声音里我听出明朗和快乐，她提醒我要记得吃月饼。

我开始真的相信，成长总有一天会来，我们都会渡过阴霾，明亮如昔。

也许就像站在时光机前，选择自己按下成长的哪一个按钮。

这一次我们的按钮上写着善良、快乐和坚强，我相信。

会过去的

跟营作者：KANA

因为车票的预定和其他行程的安排，我是这次跟营队伍里唯一一个没有准时到达北京的作者，甚至是在下了火车的当晚才在饭桌上见到了所有营员。

说真的，我已经不记得自己十五六岁时候的样子，不过我肯定没有在场的各位营员姑娘精致好看甚至充满女人味。我还记得我和另一位跟营作者果子李第一次经过未希身边的时候，我小声感叹了一句，这妞儿太风情万种了！

那天晚上因为行程安排，我们和营员并没有太多的直接接触，除了去探望发烧的果果外，我和果子李留在房间里顶着困意聊天。

我们同时谈到了对内心的关注度，果子李说了一句话，这句话在后来被我们反复提及——她说的是，不要对自己的内心过分关注。

大部分痛苦源于自我审视，这是我在青春期过去后、交过无数笔惨痛学费后学到的东西。在确定了我主要照顾的营员后，我开始不遗余力地想要我带的这几个孩子理解，什么叫不要过分关注自己的内心。

说真的，在了解曾慧晨和王晨露两个小姑娘的大概情况后，我很悲观。在我有些忐忑且不怎么抱希望的大前提下，晨露因为我一席很冷静的话哭了，这多少令我有些心疼。那天我少有地主动伸手抱了她，安慰她。

父母离婚后再婚这种背景让我对晨露一直有一种亲近，虽然我很想对她说，我在你的身上看到了过去的自己，但我一直没有说出口。那天聊到后来，我的情绪变得有点high，也许是突然意识到自己有用。在去北京之前，我根本没有想过，我真的会对这群女孩子能起到一些积极的影响，不管是多么微乎其微。

因为个人经历的不同，后来我单独找时间跟慧晨聊天。矫情地说，如果说晨露的经历与我类似，那么慧晨目前的心理状态，很像17岁时的我，习惯用理智武装自己，真正遇到事情，却不一定有这份冷静。

那天谈话的内容现在我已经记得不是太清楚了，只记得最后我很直接地告诉她，你的故事我会写出来。我以为她会很激动，结果她只是笑了一下，说我早就猜到了。

那一刻我震惊于她的聪明，就像难忘开营仪式上她即兴却流畅地代表营员发言一样，我觉得这个女孩子度过这段特殊时期后，会走得不错。虽然也许有很多人未必认同她这样的聪明，但我还是希望她好。

因为各种原因，最后的闭营仪式我没能参加，自然没有看到传说中哭得死去活来的悄悄和果子李，但是我很庆幸我无幸亲临，我很怕我会变成唯一没有哭的那个。但我记得我离开前的每个夜晚，那些在前面中没有来得及被我提名的姑娘们，陌言，圣秋，壳壳，峨眉妹妹……

最后我想说说雪漫文化的各位，在去北京之前，我只知道你们是一个很厉害的团队。在去北京之后，我悄悄告诉米果，你们是我见过最好的团队。还记得开笔会的时候，悄悄把头枕在我肩上，小暖在我对面偷偷和我传短信，这样温暖的时刻，我明白永远不可复制，所以更要珍惜……还有果爷站在饭厅里咆哮“不准在我面前抽烟”的爷们儿样，Autumn和我聊星座的亢奋，以及振哥九爷玩杀人时的抽筋和严肃……我最无法忘记的，其实是我走之前那个夜里，九爷喝了一瓶啤酒，跑过来跟和众人聊天的我吼“那子，你这么喜欢说，是不是很没有安全感啊”，我记得那时候我愣了一下，然后笑眯眯地回答九爷，是的。

我其实一直知道，作为这次跟营的作者之一，我的内心也或多或少存在着问题，就好像很了解我的悄悄在给我的长篇序里说的那样——“always hold something back”，总有一天，我还是需要通过内心的那道窄门。

可是我已经不像过去那样怕了，因为从这些年轻的女孩子身上，我多少看到某种可能性，那种凡事都会过去的可能性。当然我还是不能笃定地说我一定可以，但这一次，我愿意相信一切会如我很喜欢的黄伟文说的那样——会过去的。

当然，我遇见的这些姑娘，你们也会好好长大成人，这一点，我从未怀疑。

当我遇上向日葵

——写给跟营编辑韩小暖

营员：黎未希

当有人义无反顾地要对你好时，不管你怎么拒绝她还是会对你好。

我不是那种想要所有人都围着我嘘寒问暖的人，只是因为我已经不习惯融入一堆人群中，然后大家做同样的事情。不是我不可以，仅仅是我不愿意。我喜欢坐在某个角落里看，他们笑，我跟着笑；他们哭，我也会流泪。

她接近我的那一刻。我习惯性地先拒绝，即便我很清楚她和其他人都是无攻击性的。其实你知道吗？假如她手拿大刀，我还是觉得她好可爱。也不知道为什么，在她走近我的那一刻，我就在心里笑，笑她一副害羞却不知如何表达的样子。

我其实还是那种很依赖别人的人，依赖不停对我好、依赖我犯错了也包容我、依赖在我身边不离不弃心疼我、照顾关心我、为我付出汗水泪水的人。谁都知道，人总需要学会独立，不应该那么地依赖他人。我怎么会不知道呢？所以才习惯了拒绝别人，可我还是抵挡不了这样难得的好啊，这就是求之不得的爱啊，难道我要冷冷不接纳吗？

相处的时间根本就没有一周。从她走近我，跟我纠结喜欢九公还是喜欢她的问题，到每一次餐桌上千哄万哄让我吃饭，每天的活动她伴随我左右，牵着我的手陪我参与每个活动。她怕与我没话题，让我教她说粤语；她怕我不合群，尽管热得长痱子也坚持陪着我；她怕我不喜欢她，每天都说我喜欢九公。

如果你的一生中，曾经出现过这么一个人，请你好好珍惜，因为两个人能在一起的机会是那么的难得。

她很认真地拉我到门外告诉我，因为不知道我生日，活动中也没什么时间相聚，就补了这份小礼物给我。我很认真地听，害怕没听懂她的某一句话。演讲中，她提到了我，她说看我写字也偷偷地流泪。话没说完就听到她哗啦啦的哭声，我的心脏就像吸满水的毛巾，狠狠地被拧一下，我不敢看她，如果这种场面我们对视一下，那我肯定会哭到窒息。

我一直是不懂表达的人，什么也不说，什么也说不清楚，开心的时候就笑，难过的时候能哭就哭。而面对她，不管是什么实情，我都想先告诉她；

不管自己拥有了什么，首先想到要跟她分享。其实我自己都无法相信，我会去那么想念一个人，依赖她，心疼她，想她好。她是善良的，在我眼里她就是那么的美，一种发自内心的美。

那天在去清华的路上，姑娘们在车上唱歌，她硬逼我用粤语给她写封情书，天知道我最讨厌写文了。看着一片纸不知如何下笔，她跟猪一样地哼哼我，我就用搞怪唱歌来分散她的注意力，弄得她哭笑不得。我嘛，一旦信任了一个人，就可以毫无形象地在她面前表露自己，那样自由自在，不需要担心她因为我不斯文而鄙视我，也不怕样子丑她会不喜欢我，在她面前，我甘做小丑，只要她开心，我也开心。

外表严肃的她，一旦你接触过，才知道原来她可以那么柔情那么童话。或许陌生人会认为她不是男人喜欢的那种类型，但在我心里她最值得男人去爱。我真的不知道自己为什么会有这么一种感觉，不管她认真工作、生气翻脸、聊天说教玩乐，我都觉得她那么的美，像水一样的女人。她就是质量最好的绸缎，因为没有任何图案所以很少有人买，但在识货的人眼里，她才是最好的。

离开北京的那个晚上，我没有特地跟谁告别。散会的时候我在她眼里看到浓重的不舍，但我没有表达出自己的意思。不管她是否觉得我有点点狠，但我希望离别时刻大家不要太过于缠绵，来得自然走得大方，这样的旅行者才会不断地去寻找下一个陌生之地，而不会一辈子徘徊在旧景中念旧情。

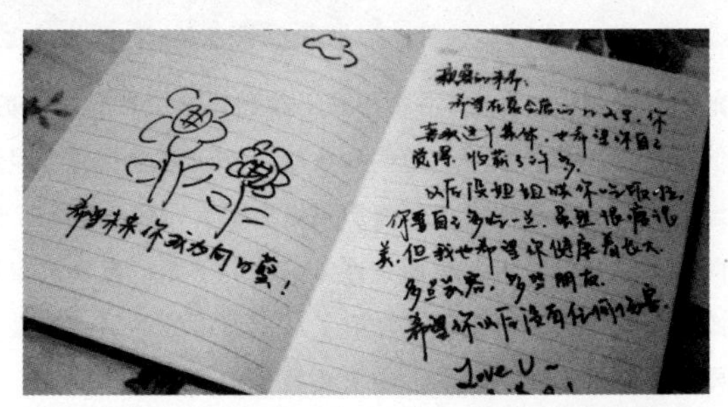

向日葵小姐的向日精神，都会用这朵花花来传播给大家。

Part3.
相关新闻报道

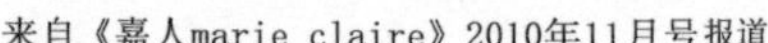

来自《嘉人marie claire》2010年11月号报道

女生成长夏令营，告别残酷的青春

编辑：张莹莹、秦辛 撰文：四月 摄影：赵亢

她们穿着或红或绿的T恤在阳光下跳跃嬉戏的样子，美好得叫人只想赞美生命，
但在更广泛的认知中，她们被统称为“问题少女”，浸淫在黑暗与潮湿之中。
她们的口头禅往往是“我经历过挺多的”，稍一提问，她们就用百分之二百的真诚与耐心，
向你做漫长的倾诉。里面是许多惊悚的字眼：退学，自残，嗜血，吸毒，堕胎，黑社会……
她们轻易地哭了，又迅速地笑了，泛着泪光的笑容里她们互相鼓励，
要“穿越忧伤和黑暗”，因为“我爱你”。
M. C. 全程跟拍了饶雪漫，“女生成长”夏令营，听几个“问题少女”讲述她们的故事。

开营第三天，饶雪漫出现在这届“女生成长”夏令营中，女孩们有些惊喜，却一时都不好意思坐在她旁边。从14岁发表作品、耕耘青春文学20多年、出版30多本书的饶雪漫，是她们热爱甚或崇拜的对象。

这是饶雪漫和她的“雪漫文化”公司举办的第四届夏令营，它曾像一个短期写作培训班，告诉营员“把人逼入绝境是最好的展现方式”，而当饶雪漫的书卖得越来越多，她也成了无数女孩最放心的倾诉对象，在QQ上听到那些叫成年人都悚然的故事，她意识到这个群体的庞大与幽暗：并无太多人关注这些沉默着伤害自己的女孩。从2007年起，夏令营渐渐成了全国各地所谓“问题少女”的集中，饶雪漫试图用这种方式让她们懂得：“我不是坏女生”。

今年是她的第四届夏令营。年初，报名表就已经随着饶雪漫主编的《17SEVENTEEN》杂志发放，想要参加的女孩除了填写基本资料，还要叙述自己的故事，工作人员把她们的故事整理成素材——饶雪漫几十部青春文学作品中，不乏这些素材的贡献。夏令营全程5天，需要1680元，有一半营员的费用由饶雪漫支付——她常常悲悯于那些身负精神与经济双重重压的女孩。雪漫文化的公关代表芳芳说，每年饶有一部分稿费都用来帮助有困难的书迷们。

那是北京最热的时候，她们象征性地爬了长城、逛了南锣鼓巷，更多的时间用来交谈。在长达两天的密集心理游戏中，女孩们沿着饶雪漫请来的专业心理老师指引的方向，潜入青春期的内里：“我的眼里只有你”，在大家紧密围拢的圈子中彼此直视，找到直觉与你最相投的人，对她说出你的心里话。有人走到圆圈中心，牵着手互相说着鼓励的话。时常有人痛哭失声，一旁的人会立刻递上纸巾或给一个拥抱，还有人喊“我爱你”。她们中最大的19岁，最小的14岁，青春期的情绪如此丰沛，稍一碰就喷涌出来，激烈得令人担心——她们尚未学会保护自己。

从某种意义上来说，这是一次最容易的采访：一旦打开话匣子，她们几乎不需要任何提问，就自顾自地、事无巨细地说了下去。却也是最小心的一次，因为不知道哪句话会刺伤她们，亦不知道哪句话会让她们心生警惕——要知道她们的秘密，需要最大的耐心和最小的价值评判。最终她们都承认，自己需要指引，但除了长辈居高临下的教育，世界并没有给她们太多反省及反悔的机会——这些“问题少女”的故事，比想象中更惊悚。

恋爱守则30条最后一条，“记住我严重缺少父爱，请给我一面稳重男人的形象。”

第一眼见到末芷（化名），她羸弱无助如婴儿。

其他十几个女孩都在玩游戏，欢天喜地笑语喧哗，只有她默然走到一旁，隔着铁丝网去逗里头的孔雀，神情纯真又漠然，任何接近都似唐突。小心翼翼地走过去，蹲下身跟她说话，问的方式像哄孩子：项链真好看，谁给你买的？

她是有这种魔力，叫人对她无限温柔。跟营的每个工作人员要负责照顾两个营员，但照顾末芷的工作人员几乎把所有的时间都给了她，哄她吃饭，她不吃，兀自把筷子咬在嘴里，遥远地打量一桌人，眼神空洞。

知道她故事的人都觉得她可怜——还未出生，搞走私的父亲就跟母亲分手了；刚学会走路就被父亲带着，在不同的女人手里流转。因为尿床，她被勒令睡在地板上，没有钱吃饭，饿了要偷偷从冰箱里拿吃的，被发现就挨打。很少见到父亲，见到了也总是看到他跟那些女人打架，半夜恨意丛生的女人拿着剪刀冲到她床前，也只能装作睡着。很长时间她听到门响就要躲起来。偶尔有个女人对她不错，要她叫“妈妈”，她咬紧了嘴唇。

几年后她又被送回了姥姥家，没人管，不在乎成绩。初恋发生在初二，学生会活动一次四目相对，撑一把伞漫步，开头浪漫得似小说，却因她总是被姥姥关在家里，与学长男友鲜少见面，被分手。那之后她只能在他上体育课的时候，透过窗玻璃凝望他，泪哗哗流，小刀划过手腕也不觉得疼。学校里流传着一种类似嗑药的方式：五六片常见感冒药和可乐一块吞下，会头晕和呕吐，她试过，脚踩棉花般轻飘飘地下了楼，很好玩。

她不愿再上学了，妈妈除了恼怒，似乎对她的前途并不关心。她到深圳找工作，先后在美甲店和理发店当学徒，忍住泪水装笑脸，几个月后最终拿到75块钱工资。又回香港，男朋友越来越多：“多关心男人聊天时说的细节，让他觉得你懂得他，就会对你有好感。特别容易。”

说到这儿她才提起，七八岁的时候，被爸爸的一个朋友猥亵。12岁，当周围的女孩窃窃讨论“处女”的问题时，她才明白到底发生了什么。看起来这并没有给她造成太大阴影，起码在提起的时候，她是笑着的——但她说，她至今非常排斥身体接触，与这个人，是童年之后的唯一一次。

她想让很多男人同时爱她，而自己谁也不爱，却要对每个都作出深爱的样子，这是场华丽又繁复的表演。“演得很真，还会哭，其实……演完之后就忘记了。”她说最多同时有五个以上的男人追求她。这多数是只在网络上存在的关系，屏幕阻止了躯体，让她觉得安全。

两个月前她带着200块钱到内地旅行，到奶茶店厅、KTV打工，在河南一个小县城的短暂停留中，她甚至恋爱了。她用了一种看似“成熟”的方式来约定它：小本子上写下“末芷恋爱守则30条”，譬如“见面一定要喊亲爱的”，“我笑时要陪我笑”，最后一条是：“记住我严重缺少父爱，请给我一面稳重男人的形象。”一个男人签了名，这段关系维持了一个月，她又离开了。

坐在荷花池畔她讲述这些故事，换下营员T恤，穿上饰着蕾丝的短裙和高跟鞋，身姿优美，语速和缓，我再度切近地打量她，此时她不再是初见时的婴儿状，而是懂得自己媚惑的少女，又迷人又危险。她想找个有未来的（意指有份固定工作）、像爸爸那样的男人，却又说“对男人没有感情了”。在夏令营结束之后，凌晨时分的QQ上，她问我：“是不是遇到了那个人，就会非常想恋爱？”

“我很容易看出来一个男人是不是对我有企图，无非是觉得我好看，或者可以睡，都利益化了也就明白了。”

末芷是这个小集体中最美丽的，米米（化名）则是最漂亮的。显然对这漂亮她有充分的自知，夏令营第一天下午，多数女孩都没换下上午的帆布鞋，只有她穿一双豹纹高跟凉拖，短裤下一双白且直的腿，在一群正在发育的女孩中非常惹眼。

她迅速展现了领导力。下午的游戏是一组营员蒙上眼睛、将一条绳子拉成一个四方形，从地上摸起绳子、许多人在黑暗中不知所措的时候，米米让一个女孩立定做起点，用手臂丈量绳子的长度（她丈量时的性感POSE简直叫

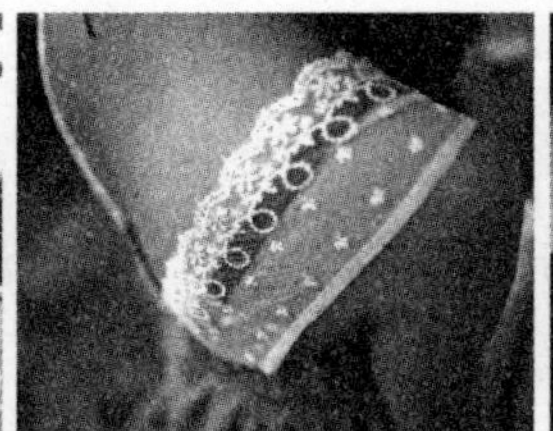
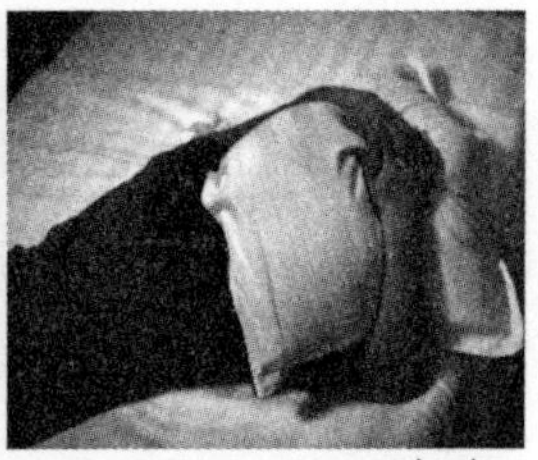

①②③
④

① 营员蒙着眼睛玩心理游戏
② 蕾丝边裙子透出青春本真的颜色
③ 讲述到过去的经历时，女孩把头埋在枕头下，一言不发
④ 夏令营结束前晚，营员与工作人员拥抱道别

人移不开目光）。拿掉眼罩看到那规整的四边形时她高兴地跳。受此鼓舞，晚上的杀人游戏中，即使从未玩过她也自告奋勇做主持。跟营的心理老师说，米米是个很有潜力的女孩。

这样的赞美有点出乎她的意料，之前她的同学对她的评价，多是“太怕孤单，没办法一个人做事。”她也宣称：“一个人逛街看电影？神经病啊！”家境小康，父母宠爱，米米的成长方向本该是乖乖女，但因为“想接近另外一个世界”，她成了校园里传奇人物“十三太保”的女朋友，和小混混在一起，几天不回家。与父母冲突升级，她踹过妈妈，也被爸爸大骂“你给我跳下去！”最激烈时她拿着修眉刀冲进卫生间，挑开手腕上的肉，刀尖戳进去——使劲，再使劲，比之前任何刀子带来的感觉都更鲜明，钝重的疼，终于她听到清晰的“噗”的一声，暗红的血液喷涌，在地板上流成很大一片，她当时遗憾地想，好浪费啊，要是把手机带进来就好了，可以拍下来传到网上给别人看看。

说这些时她眉飞色舞滔滔不绝，表情里混杂着玩笑和炫耀，没有任何外人所想象的伤感与低落。我的胃开始抽搐，但这对她太平常，还有更惊悚的——“冰毒看起来跟冰糖似的，放在透明玻璃泡上烧。”她耐心地跟我讲怎么“溜冰”，溜完了兴奋，停不住地说话，最长说过三天三夜，没人理她就噼里啪啦地掉眼泪。溜冰，自残，还有一夜情，“躺在床上的只是一具肉体，灵魂在高处看着，看着男人之前的假装、当下的嘴脸，看着自己装high的表情，一边觉得没有意义一边又很满足。”

她现在仍旧经常不回家，但爸妈都习惯了，偶尔打电话说“做了你爱吃的菜，晚上要不要回来”。回想起那段时光，最后悔的是做了太多对不起妈妈的事，还好都过去了，她甚至开始以高处的姿态看待那个伤害过她的男人，心平气和给他看传在网上的照片：针穿透皮肉，小刀把手腕划得血肉模糊，相册的名字叫“拜你所赐”，密码是“祭奠”，可当他再次约她出去，她发现她对他已无感觉。

一天天看到自己变强大，是个美好的感觉。她唯一担心的，是能否再遇到一个干净的人，有一份纯净的爱，毕竟“我已经不纯洁了”。“我很容易看出来一个男人是不是对我有企图，无非是觉得我好看，或者可以睡，我把这些都利益化了，我得到位置，他得到享受。”

她化了妆，粘了假睫毛，发帘以最媚惑的弧度被固定住。她说她在学校里溜达都要先化个妆，否则皮肤差眼睛小，毫无自信。我仔细地看过，她皮肤很好；没有假睫毛的时候，眼睛显得更大。只不过，她不肯相信。她觉得化了妆的自己才是真实的。

夏令营的最后一晚，22个营员和饶雪漫围在一起座谈，米米告诉末芷，要做一个真实的自己。末芷事后说，米米的意思是说她不够真实。这里头到底有多少关于真实的分歧，多少对关注的争抢，还有多少嫉妒情绪……16岁的她们已经学会不再多说。

她们的青春像是场庄重的幻觉，没人能够戳穿它；抑或这庄重只是交换的砝码。

末芷和米米之外，大多数女孩子是安静而礼貌的，路上遇到，迎过来的总是笑脸外加一声甜美的“姐姐”。在心理游戏中她们乖巧地围圈坐下，不太会主动说话，被问到了就细声细气地答，常常说着说着就哭起来。在各自的环境里她们是不被理解的“坏女生”，在这“问题少女”的集合中得到了归属与安全，情绪一触即发。一个圆乎乎的女孩讲起了她的恐惧：路上听到陌生人的笑声总觉得是在嘲笑自己，因为她的手会莫名地抖。青春期的时候，几乎所有人都觉得人人会注视自己。

她是麦糖，13岁因为妈妈偷看日记试图自杀，第二天发现自己仍然活着，唯一的异常是手。她觉得那是上天对她轻生的惩罚，但妈妈觉得那只是她臆想出来的毛病，有一天她在桌上看到一本摊开的医学书，那一章节中患者的性格跟妈妈心目中她的性格，一模一样。

她的脸上浮现出孩子气的冷笑。她说自己是个不会对别人付出太多感情的人，但那天上午的游戏中，她想和一个工作人员搭伴，被拒绝了。她知道那个女孩身体不舒服。可在晚上说起这小小的、连她自己也可以理解的拒绝时，她哭了，仰起头阻止泪水流下，“给我几秒钟”，她扑在床上，狠命地用枕头压住脑袋，哭出声来。1分钟之后她起身，擦擦眼睛又镇定地笑。

麦糖努力把自己打造成一个善于伪装的人，对于夏令营例行采访的工作人员，她显露了这种天分：避重就轻，反应的巧妙叫人惊叹。时近午夜，和她一块穿过幽暗的葡萄藤蔓走廊，她对我笑：你知道吗，刚才我说的没一句真话。3个小时的交谈后，她决定相信我。她仍是个愿意相信别人并关怀别人的好孩子。

第二天中午，嘉佑跟着麦糖闯进了我的房间。人群里她并不出众，从发型聊到她带一帮兄弟砸了家理发店，才知道她是“混道儿上的”。12岁被爸爸扔出家门，脚上还沾着他的血液，“觉得很好玩呀，从那时我开始嗜血。”白天上学，晚上在公园的秋千上过夜，开始在酒吧里工作，认老板当干爹，从此上道，“以毒和狠出名”，比如“很淡定地吃着雪糕和薯片把一个人声带抽破送进去了。”有过一个爱跟美女搭讪的帅哥男友，因为一个姐妹也喜欢他，她堕了胎之后自行消失，开始与同性恋爱。

她坐在离我一米远的位置，总是笑，夹杂着许多“我很淡定”，从去年底她开始从南向北流离，在饮品店、台球厅（她说已经厌倦了酒吧）打工，够买火车票了就再出发，因为在家乡“被人追杀的可能有95%”。心脏有问题，医生给的期限是3年，生命这么短暂，剩下的只有漫无目的的行走。

她讲述的故事里有太多戏剧性因素，叫不再相信童话的成年人听到，总觉得不是真的。或者，不全是真的。在营员中以“理智”著称的阿慧（化名）私下说：“嘉佑的长相，不是在男生中受欢迎的那一型吧？”在例行的视频采访中，工作人员试图探询嘉佑故事真假的端倪，但被毫不客气地抵挡了。她的冷静是成人式的，将警觉与疏离包裹其中。

阿慧的冷静是另一种。长达一天半的心理游戏给予每个人痛哭的机会，只有她未掉一滴眼泪。“为什么要哭？我也不能理解她们为什么要自残。”高中时她为初恋的男生“做过一个小小的人流手术”，也曾有过多角恋等狗血经历，但最终他们又在一起了。她相信所有事情慢慢都会顺遂起来，而许多女孩讲述的残酷青春都是在讨巧：工作人员给营员心理辅导，照顾她们，营员们讲述自己的故事，为工作人员下一步的创作提供素材。她们知道编辑要什么，自然要把故事讲得更夸张更有趣。阿慧的“讨巧”是另一种的：她在三线城市的大学里组了个乐队，参加这个夏令营的主要目的是推荐自己，她知道这是个捷径。

她想立刻脱离那环境，她怕自己有一天在幻觉里死去，但回到家第一件事仍是要点起冰毒。

朵朵（化名）是个老营员——去年她是被妈妈拉过来的，想让饶雪漫救救她，为这事她恼怒极了，母女又大吵了一架。但朵朵说，上次夏令营之后，她跟妈妈的关系改善了很多，“上次夏令营雪漫采访了我，妈妈知道了我好多事，当时我觉得特别气恼，回去之后却渐渐觉得跟妈妈坦白了，能沟通了，明白妈妈一个人为了带我到底付出了多少。”她变得懂事了，不再和妈妈争吵甚或打架，而是常常和妈妈一起吃饭，时不时通通电话，和现在的男朋友在一起，妈妈也放心。

她从西部来到北京，却并不参加集体活动，总是一个人猫在房间里，一个下午，当其他营员哈皮地去逛街，她又穿着内裤缩在房间，电视机开得震天响，两袋泡椒凤爪吃了两个小时。

初一开始打架，在家做爱被妈妈撞见，被赶出家门当天就去夜总会上班，从一次120包夜200，到大场子里的“冰妹”（陪客人溜冰过夜的女孩），一夜1千。交了个男朋友，吃穿住用都是她的钱，连一次因她忘了带钱而付了6块打车费，他也要幽幽说“现在是我在养你了”。“觉得自己就是个妓女，毫无身价，当时只要是个男人，哪怕是条公狗，他爱我我也要尊重他。溜冰溜到出现幻觉，醒来时常发现自己躺在地上，我怕我会死，更怕死的时候还是一个人。”

染上各种病，交了新男友之后就不“做生意”了，医院里“叉开腿躺在那激光刮过去，疼得我啊！”她不愿意说他是干嘛的，但言辞里闪烁的炫耀还是叫人轻易猜出：贩毒的。既然不要钱，她溜冰渐渐上了瘾。男人把她照顾得很好，“现在是他伺候我，要是他不伺候我我就又要去伺候别人了。”她啃完鸡爪子，起身扔垃圾，闲闲说道。生活的真相，大抵也无非如此，但被一个17岁却什么都经历过了的漂亮女孩说出，总有种说不出的幻灭味道。

去年的夏令营她和妈妈住的也是这个房间，半夜听到隔壁房间的呻吟，

第二天一早，她朦胧中听到妈妈对服务生交代：叫那两个人小声点，我带着孩子呢！她哑然地笑。妈妈知道她出台的事，仍待她是孩子。

又来夏令营，是因为雪漫邀请，她也乐得立刻脱离那个环境，用几天时间调整一下自己。“我觉得现在这样很好，起码作息正常。”她说想过“正常人的生活”，但这个年纪的女孩不都在学校吗？她说“让我留在北京陪你们吧！”但已经逃不开了，回去之后又只能抱着小壶。

这样的女孩，你肯定想不到她在“5·12” 地震后迅速赶去四川，因为汶川被封，她先到都江堰又到成都，作为志愿者搬运一箱箱矿泉水。所有这一切，她说得轻松。每个人的生活都有其自身固有的逻辑，几天的夏令营恐怕也改变不了太多。问她“你觉得自己离社会主流有多远？”她吸溜着泡面，“社会本来就该有非主流，没有我哪能陪衬出他们主流呢？”也许有人要说她挥霍生命，但她当下很快乐。成人世界还有什么是她所不知道的呢？她怎么可能再作惘然与无力，朝九晚五地上班，一个月的薪水与曾经一夜所得相当？我说“浪费时间是快乐的”，她扔来不屑的一瞥，“你才知道啊？”言下之意，虽比她大将近十岁，我远不及她洞晓世事。

那时忽然明白“问题少女”到底意味着什么。她们是理性而冷漠的物质一代，她们身上看不到选择的挣扎，自觉地与社会保持距离，与房价、股市、蚁族保持距离，更倾向于赤裸裸地放逐享受青春。那时她们不知道，自己被这童年与成年之间的悬空浪费了。夏令营给她们一个通向成人世界的途径，哪怕只是短短的几天，让她们看到，未来那么长，她们还有大把机会重新开始。

14岁时饶雪漫离开农村的家来到县城，自卑于身高，总担心擦不好黑板，并不出众，因此尽力于文学，找到自己与世界沟通的方式；18岁，她曾写下这样的句子："等着我们去做的事情太多了，我们不能总是沉醉在一种辉煌或失落于一种痛苦里。如意或不如意的种种如果可以不留痕迹，就让它如一池飞雁已过的清潭般安宁美好，让开朗和无所挂牵的心情陪伴我们过更全新的日子。"

夏令营结束的座谈会上，女孩们都哭了。"来夏令营之前，我想自己要在夏令营中重新开始。现在我想说，我长大了，我有信心在快乐里把握自己的一生。"

特别鸣谢：

北京师范大学教育培训中心心理教育中心

夏令营工作人员：

方悄悄、小九、韩小暖、Autumn、果子李、Kana、艾左左、徐小禾、李茜芳、吴振、米果